ぼくたち負け組クラブ

もくじ

CHAPTER 1

やめられない、止まらない

校長室の前の廊下《ろうか》に、まっ赤なプラスチックのいすがあります。〈処刑《しょけい》いす〉と呼《よ》ばれているこのいすに、火曜日の朝九時十五分、アレック・スペンサーはすわっていました。

ボールドリッジ小学校に入学してからというもの、アレックはたびたびこの処刑いすにすわってきました。五年生の中ごろには、もう何回すわったか数えきれなくなっていました。けさは、六年生になってから初めての校長室送りです……もっとも、新しい学年が始まったのは今日なのですが。六年生になって、まだ四十五分しかたっていませんでした。

子どもたちが処刑いすにすわらせられる理由はさまざまです。多いのは、先生に口答えをしたとか、友だちをいじめたとか、乱暴《らんぼう》に押《お》したとか、なぐったとか、カフェテリアで食べ物を投げたとか――そんな理由です。

でも、アレックの場合は全然ちがいます。アレックが処刑いす送りになるのは、読書しているのを見つかったときです。問題なのは、どこで、いつ、読んでいるかです。

アレックが小さいときに、両親がいつでも本を読んでやっていたせいか、アレックは生まれたときから本が大好きでした。いったん読みはじめると、つぎはどうなるんだろう？　じゃあ最後は？　と、なにがあっても途中《とちゅう》でやめられないのです。

今日はまさにそんな状況《じょうきょう》でした。ちょうど二十分前、一時間めの図工の時間に、ボーデン先生が画用紙と鉛筆《えんぴつ》を配りながら、こういいました。

「今日は、このお皿にのせたりんごを簡単《かんたん》にスケッチしてください。画用紙には忘《わす》れずに名前を書くんですよ。五分たったら集めて、壁《かべ》に貼《は》ります。そして、みんなにはなにが見えたのか、話し合いたいと思います。いいですね？　では始め」

図工室のいちばんむこうにいるアレックは、画用紙におおいかぶさって、熱心に絵を描《か》いているように見えました。けれども、近づいてみると、じつは本におおいかぶさって読んでいたのです。これまでにもさんざん同じことをやってきました。それで、ボーデン先生はすぐにアレックを校長室送りにしたのです。

休み時間のチャイムが鳴り、校長室の前の廊下《ろうか》は子どもたちでいっぱいになりました。処刑《しょけい》いすにすわっていて、いちばん困《こま》るのはこのときです。バンス校長先生にしかられることが、全校生徒にばれてしまうからです。

でも、アレックはただ処刑いすにすわっているだけではありません。ここでも本を読んでいました。『タラン・新《あたら》しき王者《おうじゃ》』という本です。アレックはすっかり本に入りこみ、王国を救うため、主人公とともに剣《つるぎ》を手に走りまわっています。チャイムの音や、子どもたちの笑い声やおしゃべりなんかは、アレックにとって、となりの部屋から聞こえてくるテレビの音のようなものでした。

ところが、急に大きな声がして、アレックはハッとしました。

「おい、なんかにおわないか？」

本から目を上げなくても、声の主はわかります。ケント・ブレアです。家が近所で、前は友だちでした。このごろケントはすごく人気者で、うっとうしい存在《そんざい》になりました。アレックが困《こま》ったことになると、いつもからかってきます。ケントは一時間めの図工でアレックと同じクラスにいるので、ここにあらわれるのは偶然《ぐうぜん》なんかではありません。

アレックは本から目をはなしませんでしたが、ケントがほかの男子二人とすぐそこに立っているのがわかりました。大げさに鼻をくんくんさせながら、大声で話しています。

「ほら！　マジでにおうだろ？」

一人の男子がいいました。「スパゲティだよ。カフェテリアの」

ケントはゆっくりとアレックのほうに向き、今初めて気がついたように指をさしました。

「うわあああ！　見ろよ！　アレック・スペンサーが処刑《しょけい》いすにすわってる！　てことは、このにおいは？〈本の虫〉のからあげだ！　だろ？　アッハッハ！」

ほかの男子たちもいっしょになっていいました。

「ひゃー、ほんとだ！　本の虫のからあげ！」

アレックは本から顔を上げて、にらみつけました。いい返してやろうと思った瞬間《しゅんかん》、三人の男子は笑うのをやめて、さっといなくなりました。

アレックの左の視界《しかい》になにかが入ったのでふりむくと、バンス校長先生が部屋のドアをあけていました。

「入りなさい、アレック」

夏休みがなくなる！

　バンス校長先生の机《つくえ》の前にあるいすは、廊下《ろうか》にある処刑《しょけい》いすと同じものでした。かたくて赤いプラスチック製《せい》で、黒い金属《きんぞく》の脚《あし》がついています。アレックが一年生のとき、このいすはとても大きく感じられたものでした。あのころはこわかったなあ、でも、今日は体にぴったり。アレックはとてもリラックスしています。

　校長先生はいつものとおりに見えます。肩《かた》までとどく白髪《しらが》まじりの茶色い髪《かみ》。ブラウスの上にジャケット――たまにブラウスの上にカーディガンのときもあります。そして、いつも小さな真珠《しんじゅ》のネックレスをつけています。

　校長先生は机にひじをついて、両手を合わせています。まるでお祈《いの》りしているみたいだなと、アレックは思いました。本当にお祈りしているのかもしれません。ふちなしめがねのレンズは厚《あつ》く、茶色い瞳《ひとみ》が実際《じっさい》より大きく見えます。アレックは校長先生に見つめられて、虫めがねでのぞかれている虫みたいな気分になりました。

　校長先生はやっと手をはなし、机に両手をのせました。そして、まゆをひそめ、ゆっくり

ゆっくり、ほとんど口を動かさずに話しはじめました。

「アレック、アレック、アレック——いったいどうしたらいいんでしょう？」どうしたら、というとき、まゆ毛がぴんとはね上がりました。

アレックはだまってすわっています。校長先生はこれまで、アレックをどなったり、顔の前に指をつき立てたり、机《つくえ》をドンとたたいたりしてきました。でもこれは？　これは新しい作戦です。

校長先生は机の上にファイルを広げました。

「あなたの去年の成績《せいせき》とテストの点数を、もう一度見てみました。いいとはいえませんが、思ったほど悪くはありません」

校長先生はことばを切り、大きな目でアレックを見つめました。

「ですが、授業態度《じゅぎょうたいど》や学習スキル、授業参加の積極性《せっきょくせい》への評価《ひょうか》を見てみると、五年生のときの成績は最悪です！」

校長先生はまたことばを切ってから、こんなことをいいました。

「授業中に本を読んでいて、校長室送りになったことが何回あるか、わかっていますか？」

十一回です、と答えそうになりましたが、まだだまっていたほうがいいなと思って、首を横にふりました。

　校長先生はぐいっと前のめりになりました。「十四回です！」

　長い沈黙《ちんもく》のあと、校長先生はいいました。

「わたしも先生方も、あなたはかしこいと思っていますよ、アレック。こんなに本が好きだということはすばらしいことです。あなたほど本を読んでいる子はいないでしょう。でも、それが毎日の学校の勉強のじゃまになっているとしたら、問題です。今日から、しっかり変えなさい。なにを変えるか、もうわかっていますね。もし授業態度《じゅぎょうたいど》を変えなければ、特別補習《ほしゅう》プログラムに参加してもらいますよ。来年六月、学年が終わってから一週間後に始まるプログラムです。午前中に三時間の授業。それが六週間。つまり、あなたの態度や行動が変わらなければ、つぎの夏休みはほとんどなし、ということです。わかりますね？」

　アレックはごくりとつばを飲みこみました。頭がぐるぐるまわっています。夏休みなのにニューハンプシャー州へ行けない、おじいちゃんとおばあちゃんの山小屋へ行けない、湖で泳げない——水上スキーもできない！

　校長先生は質問《しつもん》をくり返しました。「わかりますね？」

「はい」

「よろしい。先生方にはあなたを注意して見ているようにいってあります。授業中《じゅぎょうちゅう》に本を読んだり、ぼんやりしていたりしたら、すぐにわたしのところへよこすことになっています。それから、ご両親へ手紙を送って、問題がどんなに深刻《しんこく》か説明します」

校長先生は黄色い通行許可証《きょかしょう》に書きこんで一枚《まい》はがし、机《つくえ》にすべらせました。

「では、二時間めの授業へ行きなさい。この一年、もうこんな話をしなくてすむようにしてください」

アレックは立ち上がると通行許可証を取り、ひとこともいわずに校長室から出ていきました。

放課後プログラム

夏休みに六週間も補習《ほしゅう》？　学習スキルを身につけるために？　六年生になった初日に、校長先生からこんなことを聞かされるなんてたまりません。だけど……校長先生は、あなたはかしこいとか、なにを変えるか、もうわかっていますね、ともいっていました。簡単《かんたん》なことなんです。授業中《じゅぎょうちゅう》に本を読むのをやめて、もっと集中すればいいだけなんです。

二時間めの算数の授業におくれて入っていくと、シュワード先生がアレックのためにあけておいた席は、いちばん前のどまん中の席でした。

三時間めの国語のブロック先生も、いちばん前の席にアレックの名前を書いた紙をおいていました。校長先生の権力《けんりょく》がこんなにも強いことに、アレックはショックを受けました。

ただ、校長先生からいわれるずっと前に、もう先生方は、アレック・スペンサーをいちばん前のまん中の席にすわらせようと決めていたのです。職員室《しょくいんしつ》の中では、アレックは有名人でした。この四年間に少なくとも週に一回は、先生方のだれかがこんなことを口走りました。

「アレック・スペンサーって、いつも本にかじりついてるのね。すごく本を読む子だけど、イラっいちゃうのよ！」

二年前には、校長先生が「生徒手帳」にこんな規則《きそく》を追加しました。先生方はアレック・ルールと呼《よ》んでいます。


図書館その他の本を授業中《じゅぎょうちゅう》に読むには、担当教諭《たんとうきょうゆ》の許可《きょか》が必要です。

生徒は授業に集中し、積極的に参加しなければなりません。


ところが、アレック・ルールは大失敗でした。アレックのために作った規則だったのに、アレックの態度《たいど》は変わらなかったのです。

けれど、新学年の初日に教室のいちばん前にすわらされたことは、アレックに相当こたえました。それで二時間めからは、授業中に本を読もうなんて、考えもしませんでした。

算数のシュワード先生は、「将来《しょうらい》」についての話をしました。算数や数学があらゆる分野の職業《しょくぎょう》の基礎《きそ》になっているという話です。

国語のブロック先生は、中学や高校に行ったら、いろいろなレポートを書かなければならず、たいへんだという話をしました。だから今のうちに、それにそなえておかなければならないというのです。

四時間めの理科のローデン先生の話は、物理や化学や生物学が、みんなの「将来の出世《しょうらいのしゅっせ》」に大きく役に立つという内容《ないよう》でした。スライドの画面がよく見えるように部屋を暗くしたので、先生の話が始まって二分もたつと、アレックは耳が聞こえなくなり、『タラン・新《あたら》しき王者《おうじゃ》』のことを考えはじめました。タランは真の戦士になった……ほんものの剣《つるぎ》をふりまわすって、どんな感じなんだろう……戦うって……。

「アレック――そう思いませんか？」

ローデン先生の顔がのぞきこんでいます。

アレックは目をパチクリさせていいました。「あの、えーと……はい、そう思います」

「よろしい。あなたにもしっかりと大事なことがらを覚えてもらいたいんですよ。三月と四月に州の実力テストがありますから、その準備《じゅんび》のためにね」

教室のみんながクスクス笑いましたが、ローデン先生がひとにらみすると、しーんとなりました。アレックは背中《せなか》をぴんとのばしています。顔がかーっと熱くなるのがわかります。もう二度とぼんやりしないぞと、アレックは心に決めました。

六年生になると、教科ごとに教室を移動《いどう》します。五十七分ごとに別の教室へ走っていると、リレーの選手になったような気分です。そしてもちろん、各教科の専門《せんもん》の先生たちは、みんなたっぷり宿題を出すのです。

アレックは早く昼休みにならないかなと思っていました。カフェテリアか校庭で、本を読む時間があるからです。ところが今日はいつもよりカフェテリアの行列が長く、時間がかかってしまいました。スパゲティと牛乳《ぎゅうにゅう》を急いで平らげると、つぎはなんの授業《じゅぎょう》だっけと確《たし》かめ、校《こう》舎《しゃ》のいちばんむこうの社会の教室へ、全速力で走っていきました。

今日から教室の移動《いどう》が始まるので、朝は新鮮《しんせん》な気分でわくわくしていました。でも、一日の最後にホームルームへもどってくるころには、アレックはくたくたに疲《つか》れ、ぼーっとしていました。ああ、早く物語の中に飛びこみたい。一人でおもしろい本の世界にひたっていたい。

二時五十三分に終わりのチャイムが鳴ると、アレックはまたたくまに席を立ちました。かばんを肩《かた》にかけ、廊下《ろうか》をよろよろ歩き、正面玄関《げんかん》を出てスクールバスの発着所へ着きました。

アレックは歩道にすわりこみ、『タラン・新しき王者』を開いて読みはじめました。ところが、二、三行読んだとき、肩を強くたたかれたので、びっくりして見上げると、午後の日射《ひざ》しが目にまぶしく当たりました。肩をたたいたのは、弟のルークでした。

「あっち行けよ！」アレックはぴしゃりといって、本にもどりました。

ルークはiPad《アイパッド》の角で、またアレックをつつきました。「どこ行くの?」

「なにいってんだ」アレックはいいました。「バス待ってんだろ——来た来た」

「だめだよ」ルークがいいました。「よく考えて」

アレックはしばらくじっと前を見つめていましたが、「あ……あーっ! そうだ! 忘《わす》れてた!」といいました。

アレックは飛び上がり、かばんをつかんで、ルークのあとから校舎《こうしゃ》へもどりました。ルークが小走りなので、アレックも早足でついていかなければなりません。

そういえば二週間ほど前のある夜、晩《ばん》ごはんのときにいわれたことがあったのです。

父さんと母さんが、九月から新しい仕事を始めるという話でした。ボストンの近くの別々の会社で働くというのです。アレックの両親はコンピューター・プログラマーで、この十一年間、二人とも自宅《じたく》で仕事をしていました。ですからこれは大きな変化です。両親が二人とも、ほぼ晩ごはんの時間になるまで帰宅しないので、アレックとルークは放課後プログラムに登録しました。毎日放課後、さらに三時間学校ですごすのです。

大きな廊下《ろうか》の四つ角に来ると、ルークは立ち止まりました。

アレックがいいました。「おまえ、どうしてぼくをバス乗り場まで捜《さが》しにきたの?」

「だってきのうの夜、母さんにいわれたんだもん、お兄ちゃんのようすを見てでてって」

「うへえ」

ルークは指をさしました。「お兄ちゃんは体育館。ぼくはカフェテリアに行くよ」

「え？　なんで？」

「送ってきたガイドブックに書いてあったでしょ」と、ルーク。「幼稚園生《ようちえんせい》から三年生まではカフェテリアへ、四年生、五年生、六年生は体育館へ行きますって。お兄ちゃん、朝、おやつ入れた？」

アレックはわけがわかりません。「おやつ？」

「そう、おやつ。ごはんとごはんのあいだに、人間が食べる食べ物のことだよ」

バカな三年生のわりには、ルークは皮肉がきいています。アレックはにやっと笑いました。

「いや、おやつはもってきてない」

ルークは自分のリュックに手をつっこんで、グラノーラ・バーを一本とりんごジュースをひとパック、アレックに手わたしました。

アレックは顔をしかめます。「ポテトチップスないのか？　それかコーンスナックとか、そういう……おいしいものは？」

ルークは無視《むし》です。iPadのカバーをあけて時間を見ました。

「お兄ちゃん、四分おくれてるよ。三時七分までに受け付けしないと、事務室《じむしつ》や親に電話されちゃうんだよ。十五分以上来ないと、警察《けいさつ》に通報《つうほう》される。母さんが六時に体育館の外に迎《むか》えにきてくれるよ」

そういうと、ルークはくるりと背中《せなか》を向け、カフェテリアのほうへかけていきました。

アレックはまっすぐ歩きました。体育館の入り口まで一分くらいです。その短いあいだに、アレックはあることに気がつきました。

八月にこのことを初めて聞いたときには、放課後三時間も学校に残るなんて、そんな最悪なことがあるのかと思っていました。けれど、六年生の日々がずっと今日みたいな感じなら、話はまったく別です。毎日放課後三時間の居残《いのこ》りが、突然《とつぜん》、やさしい宇宙《うちゅう》からの贈《おく》り物《もの》に思えてきました。自分だけの時間がたっぷりあるのです。だれにもじゃまされずに、本を読んで読んで読みまくれるのです。

アレックは確信《かくしん》しました。放課後プログラムは、六年生の一年間でもっともすばらしい時間になるということを。

規《き》則《そく》

アレックはぴったり三時六分に体育館に着きました。入り口近くのテーブルで受け付けをすませると、大きな体育館の西の壁《かべ》のほうへ歩いていき、観客席のそばに体育マットが積んであったので、そこにドサッとすわって、また、『タラン・新《あたら》しき王者《おうじゃ》』を開きました。

二十分近くたったころ、また、だれかにじゃまされました。

「ちょっとごめんなさい、あなたはアレックよね？」

アレックはさっと顔を上げました。「はい……アレック・スペンサーです」

入り口でアレックの名前を確認《かくにん》した女の人が、茶色いプラスチックのフレームの細いめがねごしに、見おろしています。短い金髪《きんぱつ》に、ネコの形の金のイヤリング。指輪をいくつもつけた手に、ブレスレットもゆれています。指は細くて長く、まっ赤なマニキュアが光っています。

女の人がいいました。

「放課後プログラムのガイドブックはもらったかしら？　どの班《はん》に所属《しょぞく》するか、選ぶことと書いてあるんだけど」

「はい」アレックは答えました。「家にあります……まだ読んでないんですけど」

「あら、そう。それじゃ、わたしは放課後プログラムの監督《かんとく》のケースといいますが、説明するわね。三つの班《はん》から選べるのよ。スポーツ班、文化クラブ班、または毎日宿題をする宿題班へ行ってもいいの」

ケースさんはにこにこしながら話していましたが、どうしてあらかじめ規則《きそく》を読んでこなかったのかしらと、思っているにちがいありません。

「この中から選んでちょうだい」ケースさんがいいました。

「え……ここにすわって、本を読んでるだけじゃだめなんですか？」と、アレック。

ケースさんは首をふりました。

「今いった、文化クラブ班、スポーツ班、宿題班のどれかに所属《しょぞく》しなければいけないの。その本が学校の宿題ならば、宿題の部屋へ行きなさい。四〇七号教室よ」

「この本ですか？　これはただおもしろいから——もう四回も読んじゃいました！」アレックはにっこり笑いましたが、ケースさんは笑いません。

ケースさんはめがねの上からのぞきこみました。

「だけど、いずれにせよ、宿題はあるんでしょう？」

「ああ、はい――たくさん！」アレックはうなずきました。

「なら、宿題の部屋へ行って、やったほうがいいんじゃない？」

「あのう」アレックはゆっくりといいました。「それはそうですけど、家に帰ってからやるつもりなので……だって宿題って家でやるものですよね？」

アレックはまだにっこり笑っていますが、ケースさんはまだ笑っていません。

「ガイドブックで説明してあるように、みんな最初の二日間で、どの班《はん》に入るか決めるんです。宿題班に入りたくないなら、ジェンソンさんにスポーツ班のことを聞いてごらんなさい。文化クラブ班の説明を聞きたければ、担当《たんとう》はウィルナーさんよ」

ケースさんはしばらくアレックをじっと見ていましたが、こんどは本当ににこにこ笑いました。

「スポーツ班はすごく楽しいわよ――もし、気に入ったクラブがなかったら、自分で作ってもいいの。放課後プログラムは、ふつうの授業《じゅぎょう》では知り合いになれない子たちと友だちになれる、すばらしい機会なのよ。でも、一人で体育マットに寝《ね》そべっているなんてだめ。それじゃ、楽しんできてね。なにか質問《しつもん》があったら、いつでも聞きにきてちょうだい」

ケースさんはそういうと、体育館の入り口にある事務局《じむきょく》へもどっていきました。紺色《こんいろ》のパンツスーツの姿《すがた》は警察官《けいさつかん》のようにも見えました。

もうすぐ三時半です。入り口から右の奥《おく》のほうでは、キックベースが始まろうとしていますが、アレックは残り二時間半のあいだ、スポーツをしたいとは思いませんでした。一日じゅう教室から教室へ走りまわって、運動はもう十分です。そこで、本をリュックにつっこむと、文化クラブのコーナーへ向かいました。

うしろの壁《かべ》ぞいに、カフェテリアのテーブルが五台おいてあって、それぞれは四、五メートルはなれています。そして、青いセーターを着た背《せ》の高い男の人が、子どもたちがすみの倉庫からプラスチックの箱を取り出すのを手伝っています。テーブルには手書きの小さな名札が立ててあります。チェスクラブ、ロボットクラブ、中国語クラブ、レゴクラブ、折り紙クラブと書いてあります。

アレックはケースさんが見ているかどうか、ちらっと確《たし》かめました。見ていなかったので、人がたくさんいるレゴクラブのテーブルへ急ぎました。そこには男の子が三人、女の子も三人います。いちばん背の高い男の子が、大きな箱からレゴをトレイにすくって、ほかの子にわたしています。

アレックはそのテーブルに来ると、にこにこしながらいいました。

「ここで本を読んでてもかまわないかな？　迷惑《めいわく》はかけないからさ」

背《せ》の高い男の子は、肩《かた》をすくめて「いいよ」といいました。ほかの子もうなずきました。

アレックスはもう一度ケースさんに目をやりました……よし、だいじょうぶ。アレックスはすばやくテーブルのむこうがわへまわり、大きなプラスチックの箱のかげになる席にすべりこむと、体を丸めました。うまいぐあいに隠《かく》れます。そうして、『タラン・新しき王者』を取り出し、また読みはじめました。

物語はいつものように気持ちを高ぶらせ、アレックスを別の世界へつれていきました。何度読んでも登場人物は好きだし、物語のひねりや展開《てんかい》も大好きでした。つぎにどんなことが起きるかすっかりわかっているほうが、こんな日の終わりに読むにはぴったりでした。

新しいクラブ

まだ学年が始まったばかりの日で、しかも果てしなくつづく火曜日の午後でした。五時十五分ごろ、アレックは肩《かた》をポンとたたかれました。アレックは肩を動かしてそれを払《はら》い、読みつづけながら、ルークのグラノーラ・バーの最後のひと口をすごい顔でかんでいました。『タラン・新《あたら》しき王者《おうじゃ》』のお気に入りの主人公タランが今にも助け出され、いよいよ戦いが……。

また、ポン。

「じゃまして悪いが」声が聞こえました。「ちょっと話があるんだ」

アレックは本から目をはなし、顔を上げて……もっと上を見上げました。背《せ》の高い文化クラブの指導員《しどういん》、ウィルナーさんでした。

「あ、はい」アレックはいいました。「すみません」

「こっちへ来てくれるかい？」ウィルナーさんは倉庫の横にある小さなテーブルを指さしました。

アレックはレゴのテーブルからはなれて、ついていきました。体育館を見わたすと、ケースさんはいませんでした。

「ぼく、なにかいけないことをしましたか？」

「いや、そういうわけじゃない。ケースさんからメールが来て、きみが活動に参加しないのなら、クラブのテーブルにすわってはいけないといってきたんだよ」

「レゴクラブのみんなには、ここで本を読んでもいいか聞きましたし、みんないいよっていってくれました。じゃまはしてない——と思います」

ウィルナーさんはいいました。

「宿題の部屋へ行ったらどうなんだい？　そこなら本が読めるだろう」

「はい、でもケースさんは、宿題の読書しかしちゃいけないって。ぼく、宿題は家で夜やりたいんです。この時間は本を読みたいんです」

「それじゃ、参加したいクラブはなかったというわけか？」

アレックはうなずきました。「はい」

「ロボット作りはすごくおもしろいぞ。算数や理科は好きじゃないのかい？」

アレックはまたうなずきましたが、なんだか気まずくなってきました。この人、すごく親身になってくれてる。ぼくも感じよくしなくちゃ。そこでアレックはいいました。

「だけど、すごくいいクラブをたくさん作ったんですね」

ウィルナーさんはにっこりしました。

「ありがとう。だが、わたしが作ったんじゃない。生徒たちが自分たちの興味《きょうみ》のあることを始めたんだよ」

それを聞いたアレックは、さっきケースさんが、クラブを作ってもいいといったことを思いだしました。

「それなら……読書クラブを始めるのはむずかしいんでしょうか？」

「そんなことはない」ウィルナーさんはテーブルの上のフォルダーから、紙を一枚《まい》引《ひ》き抜《ぬ》いて、アレックにわたしました。「これはクラブ開設申請書《かいせつしんせいしょ》だ。きみのほかにもう一人希望者がいれば、新しいクラブを作れるよ」

「ほんとですか？」

「本当だよ」

アレックは申請書をざっと見てみました。「すごい！」

ウィルナーさんは携帯電話《けいたいでんわ》を取り出し、メール画面を開いて、声を出しながら画面をタップしました。

「ケースさん、お疲《つか》れ様《さま》です。今アレックと話をしていまして、文化クラブ班《はん》に入れるように手伝っています」

もう一度画面をタップすると、シュ－ッという音がしました。

「これで、監督《かんとく》にも、きみがわたしといることがわかるだろう」

「ありがとうございます！」アレックはいいました。

携帯電話《けいたいでんわ》から大きな着信音がしました。ウィルナーさんは画面を見ました。

「ケースさんがこういっている。『了解《りょうかい》です。あしたの六時までにどのクラブに入るか決まらない場合は、わたしが選ぶことになるとアレックに伝えてください』」

ウィルナーさんは携帯電話をポケットにしまいました。

「まあ、そういうことだ。あしたの六時まで時間はたっぷりあるさ」

「もう一人だれかを見つければいいんですよね？」アレックはいいました。

「そう。もう一人ね」ウィルナーさんは少しことばを切って、またいいました。「だが、新しいクラブを最終的に許可《きょか》するのは、放課後プログラムの監督なんだ」

「ケースさんということですか？」アレックは聞きました。

「そのとおり」ウィルナーさんがいいました。「ケースさんだ」

友だち探《さが》し

あしたの六時までに、もう一人見つければいいんだ。

ウィルナーさんがロボットクラブのテーブルへ行ってしまうと、アレックはまた時計を見ました。まだ五時半ですから、少し時間があります。アレックは床《ゆか》にすわって、クラブ開設申請《かいせつしんせい》書《しょ》を読んでみました。

こんな文が目に飛びこんできました。〈放課後プログラムに登録している生徒は、いつでも好きなクラブに参加できます。〉

つまり、新しいクラブを始めても、テーブルが子どもたちでいっぱいになる可能性《かのうせい》もあるのです！　子どもがいっぱいということは、おしゃべりしたりふざけたり……すごくうるさいということ。とても本なんか読んでいられません――まるで弟といっしょの部屋で本を読むようなもので、不可能です。

クラブはなるべく少人数にしないと――いちばんいいのは？　二人だけ！　でもどうやって？　読書クラブなんていうすてきなものから、どうやってみんなを遠ざけたらいいのでしょう？

そのとき、アレックはにやっとしました。答えは簡単《かんたん》。読書クラブという名前をつけずに、なにかほかの名前にしたらいいのです。

アレックはクラブ開設申請書《かいせつしんせいしょ》に、クラブの名称《めいしょう》、活動の目的を記入しました。いちばん下の設立者《せつりつしゃ》の欄《らん》には、二人分の名前が書けるようになっています。アレックは自分の名前を書きました。

そして立ち上がると、放課後プログラムに参加しているほかの子たちを、初めて注意深くながめました。四十人から五十人が体育館にいます。全員四年生から六年生。六年生で知っている子は何人かいますが、友だちというほどではありません。じつをいうとこの五年間、アレックはほかの子と遊ぶよりも、本を読むことに時間をついやしてきたのです。

キックベースのコーナーからわーっと歓声《かんせい》が上がったので、アレックは体育館のいちばんむこうに目を向けました。ちょうど三塁《るい》をまわってホームに飛びこんできたのは、ケント・ブレアでした。

毎日三時間もケントと同じところにいるのか。いやだなあ。

と、そのとき、もう一人、デーブ・ハンプトンを見つけました。キックベース場のむこうの壁《かべ》ぞいにいます。

デーブはアレックの家の角を曲がったすぐのところに住んでいます。幼稚園《ようちえん》のころはケントと同じように、デーブとも友だちでした。アレック、ケント、デーブの三人はよくいっしょに遊んでいたのです。ある夏などは、三人でスイミングキャンプに参加して、二週間、毎日午後にはプールでばちゃばちゃやっていました。

ケントとデーブはどうちがうかですって？　デーブのほうがまだいいやつです。

アレックはキックベースをしているほうへ歩いていきました。デーブが水飲み機のほうへ行ったので、アレックは急いで追いかけ、わきへ引っぱりました。

「やあ、デーブ——調子はどう？」

デーブはびっくりした顔で笑いました。「おう！　おまえも放課後プログラムにいたとは知らなかったよ」

「うん、今年度から入ったんだ」と、アレック。「それでさ、ちょっと考えがあるんだけど」

アレックは申請書《しんせいしょ》を見せていいました。

「二人で新しいクラブを始めないか？　急がなくちゃならないんだ——今日じゅうに決めたい——登録できるのはあしたまでなんだよ。ぼくの名前の横に、デーブの名前を書くだけでいいから」

デーブが申請書《しんせいしょ》を手に取ると、肩《かた》の上から別の手がのびてきて、用紙をうばい取りました。ケントでした。

「よう、すげえな――おれとアレックとデーブが、また昔みたいにつるんでるんだぜ！　で、今日はなにする？」

ケントは申請書に目を走らせると、顔じゅうでにやにや笑いました。そして、デーブに申請書を返しました。

「じゃましたな、アレック。イケてる新クラブのこと、デーブに話してやれよ」

デーブはすぐに申請書に目を通しました。そして、アレックを見て首をふりました。

「これ、おれにはどうかな。なんか……ちょっと……」

「バカっぽい、だろ？」ケントがいいました。「そういいたいんだろ？　だってすげえバカっぽいもんな。そんで、デーブはバカだから負け組のためのクラブを作るのにぴったりだって、アレックは思ったんだろ！」

アレックはケントを無視《むし》して、デーブに笑いかけました。

「確《たし》かにバカみたいかもしれないけど――わざとなんだ。そこが大事なところさ。それに、自分でクラブを作らなかったら、あさってからは、チェスクラブやらロボットクラブやらに参加しなくちゃいけないし……さもなきゃ、完全に頭がいかれるまで、室内キックベースなんかやらなくちゃならないからね」

ケントがあごをつき出しました。

「おい、なんだよ、アレック、おれとデーブのことか？　おれたちはスポーツ班《はん》に登録してる。キックベースが好きだし、得意だからな。デーブはそんな負け組のためのクラブなんかに用はない。そうだろ、デーブ？」

デーブの顔は赤くなり、うまくことばが出ないようです。これまでにも何回もあったように、アレックとケントのあいだにはさまれて、どうしようもなくなっています。

アレックはもう直接《ちょくせつ》ケントに話しました。

「これは負け組のためのクラブなんかじゃない。だれも参加したがらないように、〈負《ま》け組《ぐみ》クラブ〉っていう名前にしただけなんだ。そうすれば、デーブとぼくはどこかに自分のテーブルをおけて、好きなことができるからね」

「おいおい」ケントがいいました。「おまえのやりたいことって、毎日放課後、ただすわって本を読むことだろ？　みんな知ってるぜ。だからクラブの名前なんてどんなのでも関係ないんだな。〈本の虫アレック〉のただの居場所《いばしょ》ってわけだ」

アレックは顔をしかめました。ケントがこのことばを投げつけてきたのは今日二回めです。アレックの中に怒《いか》りがこみ上げ、昔のいやな思い出もよみがえってきました。

アレックは八歳《さい》の誕生《たんじょう》パーティーで、父さんか母さんから新しい本をプレゼントしてもらいました。アレックは包み紙をやぶり、腰《こし》かけて四十分間もその本を読みました――自分の誕生パーティーの最中にですよ。ハッと気がついたときにはパーティーはもう終わりかけていて、アレックはあわてて庭へかけ出しました。ケントがアレックに向かってサッカーボールをけり、大声でいいました。

「やあ、やっと来たぞ――〈本の虫アレック〉さまだ！」

ほかの子たちは笑って、アレックをあだ名で呼《よ》ぶようになりました。

「よう、本の虫、自分のパーティーへおかえり！」

「虫の国は楽しかった？」

「ボール、こっちにけってよ、本の虫！」

アレックを最初に本の虫と呼んだのはケントで、そのあだ名は学校じゅうに広まりました。

アレックは学校で何度もそう呼ばれました。とくに何度も呼んだのはケントでしたが。

アレックはその名前にふさわしいのでしょうか？　ええ、もちろんふさわしいですし、アレックもそれはわかっています。本当に本が大好きなので、本の虫と呼《よ》ばれることは、名誉《めいよ》でもあるんです。ですから、そう呼ばれてもいつもは腹《はら》が立ちません。

けれど、腹が立つのはケントのいい方です。これはまた別の問題です。

アレックはまだ、デーブがよく考えて自分に賛同《さんどう》してくれないかなと思い、説明をつづけました。

「でもさ、デーブ、クラブの名前は本当は重要なんだ。ふつうの名前だと、ほかの子たちも入ってみようかなとか思うだろ、それに――」

「それに」ケントがわりこみました。「ほかのやつらにじゃまされたくない。なぜなら、おまえがやりたいことってのは、放課後じゅう、すわって本のウジ虫になることだから！」

アレックの声はほとんど叫《さけ》び声《ごえ》になりました。

「ずっと本を読んでるだけじゃないよ――その、デーブと二人で話もできるし……ボードゲームをやってもいいし。とにかくなにやってもいいんだ！」

「ふーん」ケントはにやにや笑いました。「まったくの〈負け組〉だな。おまえ、今デーブをすげえ追いこんでるんだぞ。キックベースのヒーローになるのか、はたまた虫の村の負け犬パレードに参加するのかって」

ケントはむこうへ歩いていきましたが、肩《かた》ごしにこういいました。

「おれはすばらしいチームを選んで、ホームプレートにいるぜ！」

デーブの顔はまだ赤いままです。デーブは肩をすくめ、にっこりしようとしましたが、できませんでした。そして、申請書《しんせいしょ》をアレックに返しました。

「お……おれ、スポーツ班《はん》のほうがいいかも――ごめん、アレック」

そういうと、ケントを追って行ってしまいました。

放課後プログラムの最後の十五分間、女の子たちはケントに歓声《かんせい》を上げ、アレックはレゴテーブルに隠《かく》れるようにすわりました。ケースさんに見つかろうがなんだろうが、かまうもんですか。

アレックはさっき読んでいたページにもどろうとしたのですが、なかなか中身が入ってきません。数分ごとに、頭の中でケントの声がひびくからです。「本のウジ虫！」って。

ほっとする本

「うしろの席もシートベルト！」

「車に乗るたびにいわなくていいよ。わかってるって！」アレックがいい返しました。

母さんはふりむいて顔をしかめました。

「どこのどなたか存《ぞん》じませんが、今からはわたしのいうとおりにしてもらいますからね」

これは、母さんの大好きな『スター・ウォーズ』のレイア姫《ひめ》のまねです。母さんは首をのばし、バックミラーに映《うつ》るルークとアレックを見ていいました。

「学校の初日はどうだったか聞きたいけど、父さんも聞きたいでしょうから、晩《ばん》ごはんまで話はおあずけにするわね」

「いいよ」アレックはいいました。

ルークはもうｉＰａｄ《アイパッド》の電源《でんげん》を入れています。「ぼくもいいよ」

アレックは本を取り出しました。これは体育館で読んでいた本ではなく、『シャーロットのおくりもの』です。この本を初めて読んだのは二年生のときでした。それ以来、しょっちゅう読み返しています。『さらわれたデービッド』『スイスのロビンソン』「ナルニア国物語《こくものがたり》」シリーズ、『ホビットの冒険《ぼうけん》』など、ほかにも二十冊《さつ》くらいそういう本があります。

好きな食べ物を食べてほっとする人もいますが、アレックにはほっとする本があります。ストーリーをよく知っているので、自転車で坂道を下るように、またはなめらかな湖を水上スキーですべるように、気持ちよくなるのです。『シャーロットのおくりもの』は、いつでもアレックのお気に入りでした。

もっとも最近は、あまり人前ではこの本を読んでいません。農家の女の子が、ブタやクモや、そのほかの農場の動物と話をする物語なんてね？　六年生の男子が夢中《むちゅう》になるものではありません。でも、アレックへのいやし効果《こうか》は抜群《ばつぐん》で、ケントのいじわることばは、二分もたたないうちに消えてしまいました。

突然《とつぜん》、ルークがひじでつついてきました。

「今日、ホウプロで作ったアニメ、見てよ」

ルークはことばをなんでも短くします。ホウプロは、放課後プログラムの略《りゃく》です。

ルークは、ｉＰａｄをアレックの目の前に押《お》しつけました。

画面では、赤いギョロ目をした、緑と黄色のぬめぬめした怪物《かいぶつ》が、小さな白い子ネコを追いかけています。ふわふわした子ネコは、画面の左下のすみに追いつめられました。怪物《かいぶつ》がよだれをたらしながら大きな口をあけたとき、子ネコの口がもっと大きく開《ひら》き、体よりも長いとがった歯で怪物をガブリ！　怪物は七つに割《わ》れ、割れたかたまりはぶるぶるふるえながら、どろどろと流れ出しました。すると子ネコは口をとじ、ニャーとかわいく鳴きました。最後に、なかよくあそぼう！　という文字がうかび上がりました。

アレックは笑いました。「すごいな、これ！」

ルークがなにか答えましたが、じつはひとりごとでした。

「もっとなめらかに動かないと。音も直さなくちゃ。最後はボツだな――もっとどろどろをふやそう」

ルークはむこうを向き、別のアプリを立ち上げて、タップしはじめました。

もうずいぶん前から、アレックは、ルークが別の銀河《ぎんが》からやってきたにちがいないと思っています。母さんや父さんと同じ銀河から。三人ともコンピューター宇宙《うちゅう》に住んでいますが、アレックはちがいます。三人は画面族、アレックは紙族です。

アレックが三年生のとき、ある金曜日の夜、リビングで父さんと母さんといっしょに『スター・ウォーズ』を見ていました。アレックは途中《とちゅう》で、父さんと母さんの口が動いていることに気がつきました。二人とも、映画《えいが》のセリフを丸ごと覚えていたのです！

アレックは自分の名前が、オビ＝ワン・ケノービを演《えん》じた俳優《はいゆう》、アレック・ギネスから取ったものであり、弟の名前は主人公のルーク・スカイウォーカーから取ったものだと両親に説明されても、ちっともおどろきませんでした。

それから家族で『スター・ウォーズ』の映画は全部見ました。アレックは映画も好きですが、父さんの本棚《ほんだな》にある『スター・ウォーズ』の本はもっと大好きです。絵本やマンガや小説が四十冊《さつ》以上あるのです。

アレックは四年生のうちに本棚の本を全部読んでしまい、小説は全部もう二回ずつ読みました。

でも、映画はたいてい一回しか見ていません。

もちろん映画にはアクションがてんこ盛《も》りですし、爆発《ばくはつ》シーンやドキドキする宇宙船追跡《うちゅうせんついせき》シーンもあります。音響効果《おんきょうこうか》もすばらしく、とくにライトセーバーでの戦いはみごとです。けれど、小説と比《くら》べたら、映画はうすっぺらく思えるのです。

学校から家までの移動《いどう》は短すぎて、一章の半分も読めませんでした。ルークがとなりでぶつぶついいながらタップしているので、なおさらです。

家の敷地《しきち》に入ると、母さんが車庫のとびらをあけるボタンを押《お》しました。ミニバンが車庫の中で止まると、こんどはうしろの引き戸をあけるボタンを押しました。

ルークは自分の荷物をつかんで車からおりましたが、アレックはじっとしたまま本を読んでいました。もうすぐネズミのテンプルトンとくさったたまごのところに来るのです。その章の終わりまでやめられません。

本をとじたアレックは、暗い車庫の中にたった一人すわり、ミニバンの後部座席《ざせき》のライトで本を読んでいたことに気づきました。本の虫！　という、ケントのバカにした声を想像《そうぞう》しました。

けれどそのとき、アレックは自分の声が車庫の壁《かべ》にひびくのを聞いたのです。

「な、どうだい――ぼくは本の虫になるのが好きだし、得意なんだ！」

アレックはにやっとしました。まるでケントがアレックに解決《かいけつ》のヒントをくれたみたいです。この新しいクラブを作るには、いわゆる友だちを説得する必要なんかないんです。もう一人、本の虫を探《さが》せばいいのですから。

スカンク

「あっちへ行って」

アレックがまだ口も開いていないうちに、その女の子はいいました。顔も上げずに、まるでハエみたいに、片手《かたて》でシッシッと追《お》い払《はら》うのです。その子は折り紙クラブにいるのですが、テーブルのへりに背中《せなか》をつけて反対がわを向いてすわり、リュックの上に足を投げ出しています。

そして、本を読んでいました。

アレックは女の子に話しかけようとすると、たいてい手が汗《あせ》だくになってしまいます。勇気をふりしぼってここまで歩いてくるのに、一時間半近くもかかったのに、またもやノックアウト寸前《すんぜん》――きのうのケントとデーブにくらったパンチよりも強力かもしれません。

アレックはこの女の子のことを知りません。国語のクラスで、教室のうしろのほうにすわっているのを見たような気がしますが、はっきりしません。いちばん前の席で、ブロック先生から二分ごとににらまれているんです。とてもまわりを見まわすことなんてできません。六年生かどうかもわかりません——五年生かもしれません。

服装《ふくそう》はジーパンと色あせた赤いT《ティー》シャツ。水色のトレーナーをたたんで、クッションがわりに背中《せなか》とテーブルのあいだにはさんでいます。肩《かた》までのびた茶色い髪《かみ》、黒と赤のスニーカー、白い靴下《くつした》。アレックのほうを見てくれないので、顔はよくわかりません。女の子は『五次元世界《ごじげんせかい》のぼうけん』を読んでいます。アレックのお気に入りの本でもあります。

それで、いいことを思いつきました。

「行くけどさ」アレックはいいました。「行く前に、その本の結末を教えてやるよ」

女の子がすごいいきおいで飛び上がったので、アレックの口はあんぐり。女の子はこわい顔をして本をふりまわしました。

「それ以上しゃべったら——」

「うそ、うそ！　冗談《じょうだん》だよ」アレックはまるで警察《けいさつ》につかまったみたいに両手を上げて、あとずさりしました。

折り紙クラブのほかの五人の生徒たちが、心配そうに二人を見ています。とくに四年生らしい小さな女の子は不安そう。

「いやいや」アレックは静かに話しました。「ぼくはネタバレなんか絶対《ぜったい》にしないよ、ほんと。ただ……ちょっと聞きたいことがあってさ。それが終わったら、もう二度と話しかけないよ、そうしてほしいならね」

女の子は本をおろし、アレックは両手をおろしました。

「いいわよ、話して」女の子がいいました。

アレックは、折り紙クラブのテーブルから少しはなれたところへ来るように合図すると、小声でいいました。

「ぼく、新しいクラブを作りたいんだ。そのためには、この申請書《しんせいしょ》に名前を書く人が、もう一人必要なんだよ」

そういって、用紙をわたしました。

女の子はテーブルのほうに目をやりました。

「だめ、あたしは折り紙やってるの。きのう始めたのは、もう終わっちゃったのよ」

「そう」アレックはゆっくりいいました。「ケースさんに会ったことある？　すごく規則《きそく》にうるさい人さ。きみはちっとも折り紙してないじゃないかって、すぐ見つかって、あのテーブルから追い出される……でも、この申請書に名前を書いてくれたら、新しいクラブが作れて、好きなだけ本を読んでいられるんだ――そういうこと」

女の子は鼻にしわをよせました。

「えーと……読書クラブを始めるってこと？　あたし、読書クラブなんて大きらい――くだらないことをあれこれ話し合うんでしょ。やっぱり、あっちへ行って」

そういうと、女の子はテーブルにもどろうとしました。

「そんなんじゃないんだ」アレックはあわてていいました。「ただすわって本を読む場所がほしいんだよ――話し合いはなし、読むだけ。だけど、まわりにたくさん人がいるのもいやなんだ。できればぼく一人だけのテーブルがほしいんだけど、少なくとも二人いないとクラブは作れないから、メンバーは二人だけ。新しいクラブを申請《しんせい》できるのは今日までで、あと一時間しかないいんだ」

女の子はアレックの話を聞いていました。そして、考えています。

「でも、どうやってほかの子が入らないようにするの？」

「それは……」アレックはいいかけましたが、やめました。「『ひとりぼっちの不時着《ふじちゃく》』って本、読んだことある？」

「ええ、五回以上読んだわ」

それを聞いて、アレックは数秒前より五倍は、この女の子に興味《きょうみ》をもちました。思わず笑《え》みがこぼれます。

「三巻《かん》めの『ブライアンの冬《ふゆ》』(未訳《みやく》)は読んだ?」

女の子はバカにしないで、という顔を向けました。「もちろん、読んだわよ」

「いいね。じゃ、主人公はどうやってクマをよける?」

「簡単《かんたん》よ。スカンクを飼《か》うの」

「そのとおり!」アレックは笑顔《えがお》でいいました。

女の子は顔をしかめました。「それじゃ、あたしがスカンクってこと? あたしはあなたの大事なテーブルに獣《けもの》を近づけないために、利用されるってこと?」

女の子は左手を横にふりました。「もう行って!」

「ち――ちがうよ! これ見て」アレックは申請書《しんせいしょ》をさし出しました。「クラブの名前を〈負《ま》け組《ぐみ》クラブ〉ってつけようと思ってるんだ。この名前が、スカンクなのさ!」

女の子はアレックをほんの一瞬《いっしゅん》見つめ、にっこり笑ってうなずきました。「天才だわ!」

アレックはこの女の子にますます興味《きょうみ》をもちました。それに顔もかわいいし。

女の子はお尻《しり》のポケットからペンを取り出し、申請書を指さしました。

「あたしの名前はニーナ――ニーナ・ウォーナー。どこに書けばいいの?」

「いちばん下のここ……ぼくは、アレック・スペンサー」

ニーナは申請書《しんせいしょ》を手に取って読みましたが、笑顔《えがお》が消えました。そして、署名《しょめい》の欄《らん》のすぐ上の文を指さしました。

「これ読んだ？」ニーナは文を読みました。「各クラブのメンバーは、十月二十日の放課後プログラム発表会で、活動の発表をおこなうこと」

ニーナは首をふりました。

「こういうの大きらい。それにたった二人しかいないでしょ？　だからどうしても、あたしもみんなの前でしゃべったり、なにかしたりしなくちゃならないわよね」

「そのこと？」アレックはいいました。「発表会なんてどうってことないよ。読書クラブなんだからさ、感想文かなんかを発表すればいいんじゃない？　ぼく、感想文得意なんだ。ぼくがなんとかするよ」

ニーナはいいました。「あ、そう……約束してくれるなら、いいわよ」

「約束する」と、アレック。

それで、ニーナ・ウォーナーはペンの頭をカチッと押《お》して、名前を書きました。ケースさんが決めたしめきりの、ちょうど九十分前のことでした。

テーブル

木曜日の午後は、アレックにとって三回めの放課後プログラムです。名前をチェックするとき、アレックはケースさんににこにこ笑いかけました。ケースさんも笑い返したのですが、アレックは気がつきませんでした。

というのは、今日はちがっていたからです。今日、この広い体育館はちがっているからです。今日、アレックには自分専用《せんよう》の場所ができ、すべての規則《きそく》がアレックの味方になってくれています。でも、なにもしないですべてが片《かた》づくわけではありません。手続きが必要です。

きのうの四時半に、ニーナがクラブの申請書《しんせいしょ》に名前を書きました。アレックはそれをウィルナーさんにわたし、ウィルナーさんは五時になる前にそれをケースさんにわたしました。その十分後、アレックは体育館の入り口近くのテーブルのところに立って、放課後プログラムの監《かん》督《とく》、ケースさんに向かい合っていました。

ケースさんは申請書から顔を上げて、アレックをのぞきこみました。

「負《ま》け組《ぐみ》クラブですって？　読書クラブにふさわしい名前ではないわね」

アレックはその名前にした本当の理由を説明したくありませんでした。あんまり大騒《おおさわ》ぎしてほしくありません。

そこで、アレックは肩《かた》をすくめていいました。「ひびきが気に入ったんです」

それは本当でした。

ケースさんはちょっとまゆをひそめて考えていました。

「どうして、〈放課後読書《ほうかごどくしょ》クラブ〉とか、〈本好《ほんず》きクラブよむよむ〉とか、そういうのにしないの？」

アレックはまた肩をすくめます。「負け組クラブのほうがおもしろいからです」

それも本当です。

アレックはたずねました。「クラブ名はこういうものにしなくてはいけないという、決まりがあるんですか？」

「それは……ないわ」と、ケースさん。「だけど、やっぱりへんな名前ねえ」

アレックはまたまた肩をすくめます。「ぼくは気に入ってます」

ケースさんは気に入らないようでしたが、こういいました。

「いいでしょう。迷惑《めいわく》になるわけではないでしょうからね。とにかく名前がなんであれ、読書クラブは読書クラブなんでしょう?」

「そうです」アレックはいいました。けれど、アレックの考えている読書クラブは、ケースさんの考えている読書クラブとはちがうものでした。

ケースさんがつづけます。「十月に発表会があると、申請書《しんせいしょ》に書いてあるわね。放課後プログラムに読書クラブができたのは初めてなので、どんなふうになるか楽しみだわ。クラブのメンバーみんなで、おもしろい発表にしてくださいね」

アレックはいいました。「発表会についてはもう話し合いました。すごい発表になりますよ!」そのあとこっそり、きっと……うーん、たぶん、とつけ加えました。

ケースさんはもう質問《しつもん》することがなくなったので、申請書にサインしました。そしてにっこりしていいました。

「新しいクラブができて、こんなにわくわくしたことはないわ!」

これはきのうの出来事です。もうはるか昔のことのようです。

体育館のむこうの壁《かべ》に向かいながら、アレックは、カフェテリアの折りたたみテーブルが六台あるのに気がつきました。ウィルナーさんが子どもたちを手伝って、忙《いそが》しそうに倉庫からクラブの道具入れを出しています。

チェスクラブの四人には小さな箱が一つだけ。折りたたみのチェス盤《ばん》二面と、駒《こま》が二セット入るには十分です。折り紙クラブの子たちが使う道具は、中くらいの箱に全部入っています。ロボットクラブには男子が二人、女子が二人いて、部品や道具や針金《はりがね》でいっぱいの中くらいの大きさの箱と、電池やアダプターのつまった小さい箱があります。

レゴクラブの六人には、小さな箱が四つと大きな箱が二つ。全部、なにかすごいものを作るのに使うようです。

中国語クラブには箱はありません。そのテーブルにいる三人は、毎日自分の道具をもってきています。iPad《アイパッド》、ヘッドホン、学校図書館で借りたワークブックです。

アレックは六番めの新しいテーブルを見て、思わず顔がほころびました。自分のテーブルです。箱もないしほかのメンバーもいなくて、テーブルだけ。ウィルナーさんはアレックの希望どおり、いちばんすみっこに設置《せっち》してくれています。

ウィルナーさんが倉庫から最後に出したものは、クラブの名札でした。飾《かざ》り気《け》のないうす茶色の厚紙《あつがみ》を、横長に二つ折りにしたものです。たて八センチ、横三十センチの面に、黒いフェルトペンでクラブの名前が太く書いてあります。

ウィルナーさんはテーブルからテーブルへ歩いて、名札をそのクラブのテーブルにおいていきました。りっぱな名札です。アレックは最初の日に名札の文字を見て、とても上手だと思っていました。ウィルナーさんは上手な字を書く教室で練習したのでしょうか。

アレックがすみっこのテーブルへつくと、ちょうどウィルナーさんも来ました。

「やあ、アレック、元気かい？」

「元気です！」

ウィルナーさんが新しい名札を見せてくれました。

アレックはにっこりしました。「完璧《かんぺき》です。きれいな字ですね」

「ありがとう」ウィルナーさんはいいましたが、ちょっととまどってからつづけました。「これ、正しく書けてるかな？」

アレックはうなずきました。「ええ、これでいいんです」

「わかった」ウィルナーさんは名札をテーブルにおきました。「じゃ、あとで」

アレックはテーブルのむこうがわにあるベンチにすべりこみました。壁《かべ》が背中《せなか》に当たって、もたれるのにちょうどいいぐあいです。それに、もしだれかがクラブの名前を見にきたとき、こっちにいれば顔がよく見えます。これはおもしろくなりそうです。放課後プログラム史上、負け組クラブなんていうグループができたのは、初めてでしょうから。

アレックはリュックに手をつっこみ、また『タラン・新《あたら》しき王者《おうじゃ》』を取り出しました。本を開く前に体育館のむこうがわに目をやると、スポーツ班《はん》の子どもたちが全員、すみっこのクライミングの壁《かべ》近くに集まっています。ジェンソンさんがキックベースのボールとバスケットボールを配るのを待っているのです。列の先頭は、もちろんケントでした。

アレックは一瞬《いっしゅん》、自分のテーブルの上に立ち上がって、体育館のむこうすみに向かって叫《さけ》ぼうかと思いました。〈おーい、よう、ケント！　ぼくの新しいクラブを見てみろよ！　おまえなんかの助けはいらなかったぞ！〉って。

でも、そうはしませんでした。そのかわり、デーブとケントと話したことは頭の中から追いやりました。それから、校長先生からくらった十五回めのお説教のことも、考えるのをやめました。

校長先生が両親へ送った手紙は、今ごろ家に着いているかもしれません。封筒《ふうとう》にとじこめられた小さな竜巻《たつまき》です。あけたとたん飛び出して、アレックの人生をこなごなに吹《ふ》き飛《と》ばそうとしているのです。でも、今この時にはなにもできません。アレックは『タラン・新しき王者』の第六章を開いて読みはじめました。そのとたん、はるかかなたの世界へ引きこまれていきました。

けれど、そうしていられたのも十分ほどでした。大歓声《だいかんせい》が聞こえて、アレックの目は本からパッとはなれました。体育館のいちばんむこうで、ケントが満塁《まんるい》ホームランをけり、三塁をまわっていました。チームのみんなはひとかたまりになって大喜びし、「チャンピオンズ！　チャンピオンズ！　チャンピオンズ！」と叫《さけ》んでいます。

それがケントのキックベースチームの名前なのでしょう。

アレックは思わずにやっとしました。きのう、ケントはただえらそうに自慢《じまん》していたわけではなかったのです。本当にキックベースが得意だったのです。デーブも同じくらいうまいのでしょう。

もう五百回も〈本の虫〉なんて呼《よ》ばれた怒《いか》りはどうしたかって？　どこかへ消えてしまいました。まあ……ほとんどはね。

デーブをいい合いに巻《ま》きこんでしまったことは、もうしわけないと思っています。ケントのいうとおり、このクラブは本当に、すわって本を読んでいたい人のためのクラブですし、デーブはそういうのは好きじゃなかったのでしょう。

それに、ケントは自分の好きなこと、得意なことをはっきりいう権利《けんり》がありますよね？

だってみんなそうなんですから。ケントはアレックをけなしたりからかったりしましたが、結局のところ、それが大いに役に立ったのです。

だって、今日、アレックには自分のテーブルができて、だれにもじゃまされない広い空間と、わくわくする本があり、まったく自由な三時間もの時間があるのですから。

しかも、コーンスナックひと袋《ふくろ》と、甘《あま》くておいしいハワイアンパンチ・ジュースをふたパックもってきています。

その上、あの女の子、ニーナだっけ？　あの子は……頭がいい。顔もかわいい。お、あの子がこっちへやってくる。

アレックは気づかれないように、ニーナがこっちへ歩いてくるのを見ていました。クラブの名札が読めるくらい近づくと、ニーナはにっこりしました。

アレックに。

名札

リュックを肩《かた》からおろしてテーブルにのせるときも、ニーナはまだにっこりしていました。そして、名札をさしていいました。

「すてきな名札ね！」

「うん」アレックはいいました。「すごく気に入ってる。ウィルナーさんが字を書いてくれたんだ。こういう上手な字を書く教室かなんかに通ったんじゃないかな。いつか聞いてみようと思ってるんだ――どんなフェルトペンを使ってるのかとか、こういう字のスタイルはなんて呼《よ》ばれてるのかとか、紙の種類によって変わるのかとか……そういったことをね」

アレックは話をやめました。手には冷たい汗《あせ》をじっとりかいています。こんなばかげた名札のことを、ぺらぺらしゃべりすぎたと思いました。

ニーナはアレックのななめむかいに腰《こし》かけました。T《ティー》シャツが深緑色に変わったくらいで、きのうとほとんど同じに見えます。やっぱりアレックとは国語のクラスでいっしょでした。けさ、その教室で見かけたのですが、話しかけはしませんでした。昼休みも、一人ですわって本を読みながら食べているところを見かけました。

それから、昼休みからは髪《かみ》の毛《け》を短いポニーテールにしていることに気がつきました。水色のトレーナーの片《かた》そでが、リュックから飛び出しています。おそらく、きのう折り紙クラブのテーブルでアレックが話しかけたとき、背中《せなか》のクッションとして使っていたトレーナーでしょう。

「この名前で新しいクラブが許可《きょか》されるとは、思ってなかったわ。聞いた感じがおかしいもの」ニーナは名札を見ながらいいました。

アレックは、よくきのうニーナのところへ行って話しかける勇気があったなあと、いまだに信じられない気持ちです。今だってへんな感じです。生まれてからこれまでに女の子と話したのを全部足しても、ニーナとしゃべったほうが多いくらいです——母さんを別とすれば。それに、もちろん、母さんは女の子ではありませんからね。

アレックはもっとしゃべっていたいと思いました。ときどきつまることはあっても、どんどんことばが出てきます。

「聞いた感じがおかしいって、どういう意味？」アレックはたずねました。

ニーナは首をかしげます。「うーん、なんていうか……皮肉っぽいかな。それか、悪ぶってるっていうか。まるで泥棒《どろぼう》仲間とか、バイク仲間とか、どうせ自分たちはダメ人間なんだみたいな、そんな感じがするの」

「ああ、そうだね」アレックがいいました。「『アウトサイダーズ』に出てくる不良みたいな感じか」

ニーナの顔がパッと明るくなりました。「そうそう――あたし、あの本大好き！」

アレックもうなずきました。「ぼくもさ。この作者のほかの本もおもしろいよ。彼女《かのじょ》はすごい作家だ！」

ニーナはアレックをまじまじと見つめました。「彼女？　S《エス》・E《イー》・ヒントンって、女なの？」

「そうだよ」と、アレック。

「へえぇ」ニーナは感心して、すぐにこういいました。「女性《じょせい》が、不良少年やバイクやけんかやそういったことを書いちゃいけないって理由はないものね……あたしなら書けると思う」

アレックはなにを話したらいいかわかりませんでした。S・E・ヒントンは、まだ十代でこの最初の作品を書いたんだよといいたかったのですが、ニーナに知ったかぶりだと思われたくはありません。かといって、急にほかの話題に変えて、べらべらしゃべるのもいやです。ふつうの読書クラブみたいに話し合うのはいやだと、ニーナがいっていたのですから……。

気まずい沈黙《ちんもく》をやぶったのは、ニーナ自身でした。

「とにかく、この名札はすてきね。それに、放課後じゅう紙の折り方の説明を聞いてるより、ここにすわってるほうがよっぽどいいわ」そういうと、ニーナはかばんをあけて、本を取り出し、読みはじめました。

アレックには書名は見えませんでしたが、ペーパーバックだということはわかりました。

〈……てことは、『五次元世界《ごじげんせかい》のぼうけん』じゃないな。あれはハードカバーだから。てことは、ニーナは読むのがすごく速い。あの本の残りを、ゆうべひと晩《ばん》で読んじゃったんだ！　だけど、一度に何冊《なんさつ》も読むタイプなのかもしれない……〉

アレックは考えるのをやめました。

そして、ニーナに向けていた体の向きを変え、自分の本を開きました。もうすぐ第七章、大好きな戦いの場面です。読むと必ず心臓《しんぞう》がドキドキし、手が冷たい汗《あせ》でじっとりしてきます――女の子と話すときと同じようになるのです。

ただ、読書のほうが、気が楽ですけどね。

名誉《めいよ》

十五分後、アレックは城《しろ》の前で戦士の一団《いちだん》とならんで立っていました。物語の中では、アレックはタランになったように感じていました。剣《つるぎ》がぶつかり合うカキーンというはげしい音が聞こえます。タランが槍《やり》や矢からさっと身をかわしていると、なにかがアレックの足にぶつかりました——現実《げんじつ》の世界で。

「いてっ!」

アレックが両足を上げると、両ひざがテーブルにガツンとぶつかりました。

「きゃあ!」ニーナもいすから飛び上がりました。

アレックがわけがわからずに目をパチクリしていると、声が聞こえました。

「おーい、そこの負け組! ボール取りたいんだけど」

ケントがにやにや笑っています。

下を見ると、テーブルの下に赤いキックベースのボールがあります。アレックは、ああ、そうかと、にやっとしました。「いいよ……チャンピオン。取ってくれよ」

すると、ケントがニーナに気がつきました。

「おう、やあ。元気？」

ニーナは本をとじ、ケントのほうを向きました。

ケントはニーナに笑いかけながらまっすぐに立ち、額《ひたい》にかかる髪《かみ》の毛《け》をかき上げています。

「夏休みの終わりごろは、見かけなかったけど」ケントはまたにっこり。

ケントは背《せ》が高く、がっしりしています。剣《つるぎ》と盾《たて》をもたせたら、いい戦いをするだろうなと、アレックは思いました。

ニーナがいいました。「出かけてたの」

アレックは男女のことについてはくわしくありませんが、ケントがニーナに、女の子として興味《きょうみ》をもっていることは明らかです。

ニーナは笑い返しませんでしたが、笑わなかったことでかえって、ニーナもケントに、男の子として興味をもっているなと、アレックは感じたのです。

ずっと前、四年生のときに、アレックは気がついたことがありました。ケントは女の子の扱《あつか》いがうまいということです。女の子と気軽に話せるし、もっとびっくりしたのは、女の子が自分に話しかけるように仕向けるコツを知っているということです。ケントって、大胆不敵《だいたんふてき》です。

ケントはふりむいて、アレックに笑いかけました。

「おい、アレック、彼女《かのじょ》が入るって聞いてたら、おれもすぐに名前を書いたのによ！」

落ちついた、余裕《よゆう》しゃくしゃくのいい方です。

でも、ケントの笑顔《えがお》はうそだと、アレックには思えました。アレックは目をぎょろりとさせて、なにか皮肉まじりなことをいいたかったのですが、なんとか自分をおさえて、ほほえみをうかべていました。

ニーナがケントにいいました。「あんたがこのクラブにいるってわかったら、あたしが入るわけないでしょ」

ニーナの笑顔のほうがほんものだと、アレックは思いました。

キックベースチームの子たちが大声で呼《よ》んでいるので、ケントはかがんでボールをつかみ、いいました。「試合に勝たなくちゃならないんで。じゃ、またな、負け組さんたちよ」

このときの〈負け組〉ということばは、ついさっき聞いた〈負け組〉ほど、いやなひびきではありませんでした。かみついてこないというか。

ケントは大急ぎで試合にもどっていきました。ケントのやつ、わざとボールをこっちへけってきたな。ニーナもわかってるんだ。だけど、なんだか楽しそうだったじゃないか。

ニーナがまた読書を始めないうちに、アレックはごくりとつばを飲みこんでいいました。

「ねえ……ケントがわざとやったって、わかってたよね？」

ニーナはうなずきました。「うちの家族、七月の中ごろに引《ひ》っ越《こ》してきたばかりで、ケントの家は五ブロックくらい先なの。ケントは自転車で通ったとき、うちのお兄ちゃんのリッチーがバスケットをやってるのを見たのね。お兄ちゃんは中学生なの。ケントは自転車をおりていっしょにバスケットをやって、それからちょくちょく来てるの。バスケット、すごくうまいのよ」

「そう、ケントはスポーツ万能《ばんのう》だからね。ぼくたちは幼稚園《ようちえん》からの知り合いでさ。家が近いから、小さいときは仲よく遊んでたな、夏休みなんかには」と、アレック。

「今は遊ばないの？」ニーナは興味《きょうみ》をもったみたいです。

「うん、あんまり」アレックはいいました。

「わかる気がする」ニーナはいいました。「前の学校の友だちとはそんな感じ。今はゼロから友だち作りのやり直しよ」

アレックはテーブルの上をちらっと見ました。ニーナの本の題名は――『青《あお》いイルカの島《しま》』

でした。三年生のときに読んだ記憶《きおく》があります。あらすじがよみがえってきて、主人公の女の子が頭にうかびました。何年も一人で孤島《ことう》に取り残され、工夫《くふう》して生き残る――実話にもとづいたお話です！

ニーナは読むのが速いというのは当たってると、アレックは確信しました。

けれど、気になることがほかにもあります。あの本を読んでいたときのニーナのようすです。「ゼロから友だち作りのやり直し」といったときのニーナは、とてもさびしそうに見えました。本を読んでそんなふうになるのなら、アレックも同じように影響《えいきょう》を受けているのでしょうか？　アレックは本を読むといつも、本が実際《じっさい》の生活に流れこもうとします……というより、反対かも――アレック自身が、本の登場人物と考えや行動が似《に》てくるのです。

ニーナはまだアレックを見ていました。

「さっき、なにを話していたっけ？　クラブの名前のことよね。この名前でからかわれるんじゃないかって、心配しなかった？　だれでも〈負け組〉って呼《よ》んでいいよって、フリーキックを与《あた》えてるようなものじゃない。ケントが呼んでたみたいに」

「うん、それは考えた」アレックは認《みと》めました。そして、肩《かた》をすくめてにっこりしました。

「だけど、ぼくは負け組じゃないからさ。負け組ってどんな意味だとしても」

アレックはしばらく口をつぐみ、また話しだしました。

「で……きみはどうだった？　この名前についてみんながどう思うだろうって心配した？　そんなクラブに入ったら、きみもどう思われるかわからないよね？」

ニーナは首をふって、下くちびるをつき出しました。「あたしのことは、好きなように思えばいいわ。気にしないもん」

また沈黙《ちんもく》です。

「本当に、ケントにこのクラブに参加してほしかったの？」ニーナがいいました。

アレックは急に緊張《きんちょう》し、身がまえるような気持ちになりました。戦士が剣《つるぎ》を抜《ぬ》いたときのような気持ちです。またはライトセーバーを。

ケントを一撃《いちげき》で切《き》り倒《たお》すチャンス！　アレックがデーブと話していたときに、ケントがわりこんできたことを話せばいいんです。本当のところ、ケントはこんなクラブに参加する気なんか全然ないでしょう。どんな形であっても、一秒たりとも、負けるのはいやなのですから。デーブも参加しないとわかったときには、ケントは負けずぎらいの本領《ほんりょう》を発揮《はっき》したわけです。

でも、こんなことをニーナにいってどうなるのでしょう？　あんまり……名誉《めいよ》なこととは思えません。『タラン・新《あたら》しき王者《おうじゃ》』の中では、ヒーローたちはみんな、名誉を重んじています。

そこで、アレックは剣《つるぎ》をおき、ちがう話をしました。

「ぼく、別の友だちをさそったんだよ。ケントはそれを聞いてた。だから、参加したければケントだって参加してよかったんだけど、あいつはキックベースが大好きで、得意だからね。こっちには興味《きょうみ》がなかったんだ」

「読書クラブだってことは、ケントは知ってたの？」

「ああ、わかってたよ」アレックはもう少しで、ケントがぼくのことを本の虫なんて呼《よ》びはじめたんだって、いいそうになりましたが、そこまでふみこみたくはありませんでした。

「じゃ、ケントは本を読むのがあんまり好きじゃないってこと？」と、ニーナ。

またしても、ケントを打ち負かすチャンス！　あいつは本なんか読まないし、スポーツばかりやってると、ニーナにいえるではありませんか。それに、デーブをクラブにさそったとき、ケントがどんなにひどいことをいったか、いいつけてやったら……。

アレックは考えるのをやめました。

ケントの読書習慣《しゅうかん》について話すなんてまっぴらですし、これ以上ニーナと、ケントについての話をしたくないのです。今も、これから先も。

そこで、アレックは肩《かた》をすくめていいました。「ケントに聞いたらいいよ」

ニーナはうなずきました。「そうね」

ニーナは肩《かた》ごしに、キックベースの試合をながめました。ケントを見ているなと、アレックにはわかりました。

ケントも、ニーナが見ていることに気がついているようです。

アレックは本を開き、無理やりページに目をこらして、文字を追いました。けれど、城《しろ》の前でのはげしい戦いの場面も、今はつまらなく感じます。ニーナがずっとケントを見ているのを、どうしても気にしてしまいます——ええ、アレックには関係のないことです。ニーナがどこへ行って、だれを熱心に見ていようが、ニーナの自由です……が、それ、ケントじゃないとだめなのでしょうか？

アレックは突然《とつぜん》、本の中に手をつっこんで、タランが戦場にふりまいた魔法《まほう》の粉をつかみたい衝動《しょうどう》にかられました——目が見えなくなる粉です。

その粉が手に入ったらどうするかって？　ニーナにふりかけるか、自分にふりかけるか、どっちにしたらいいでしょう。

たぶん、自分にふりかけたほうがいいでしょう。

そのほうが、名誉《めいよ》なことでしょうから。

兄貴《あにき》

金曜日の午後三時二分、アレックは体育館を歩いて自分のテーブルにつきました。するとそこに、女の子が一人立っていてびっくりしました。たしか折り紙クラブの子で——いちばん年下の四年生です。

アレックはいつもの場所に腰《こし》かけました。

女の子はこんにちはといってから、立ち去りそうなようすでしたが、そのままいます。そして、だれにも聞かれたくないように、声をひそめて話しだしました。

「あの……このクラブって、本当に負け組のためのクラブなんですか？　あたし何回も見たんですけど、二人ともただ本を読んでるだけですよね」

アレックはこの女の子との話は早く切り上げて、女の子をもといた場所へ帰そうと思いました。ゆうべ『タラン・新《あたら》しき王者《おうじゃ》』を読み終え、「パーシー・ジャクソンとオリンポスの神々《かみがみ》」シリーズを読み返そうと思っていたのです。まず『盗まれた雷撃《ライトニングボルト》』、これは二回めです。

アレックは女の子ににこりともせずによそよそしくし、できるだけ負け組っぽく見えるようにしました。声にも抑揚《よくよう》をつけずにいいました。「ああ、すわって読んでるだけだよ」

「あの、あたし折り紙クラブなんですけど、ほかのみんなに下手くそだって思われてて……だから負け組みたいな気持ちになるんです。それに、本を読むのが好きだから……このクラブに入ってもいいですか？」女の子がいいました。

アレックが最初に思ったことは、〈へえ、すばらしい――折り紙もできないなんて、ほんものの負け組だね。ぼくのクラブへようこそ！〉ということでした。

でも、女の子の顔をよく見ると、『シャーロットのおくりもの』の表紙の女の子、ファーンにそっくりです。この子の髪《かみ》も短いポニーテールにむすんであって、素直《すなお》そうな明るい顔です。ほかは似《に》ているところはありません。この子は黒人で、ファーンはそうではないからです。この子はまた、とっても幼《おさな》く見えますし、びくびくしているようにも見えます。そんな子が知らない人のところへやってきて、「こんにちは、あたし負け組なんですけど――このクラブに入ってもいいですか？」というなんて、なんと勇気のいることだったでしょう。

アレックは、つかつかと折り紙クラブのテーブルへ行って、この子にみじめな思いをさせた連中をどなりつけてやろうか、それとも、『アウトサイダーズ』の兄貴《あにき》みたいに、ぶっ飛ばしてやろうかと思いました。アレックは、ルークに対してはあんまり兄貴風をふかしていません。たいてい立場は逆《ぎゃく》で、ルークに注意されることのほうが多いのです。

それでアレックは、女の子に笑いかけていいました。「ねえ、きみ、秘密《ひみつ》は守れる？」

女の子は目を見開いて、大まじめにうなずきました。

「よし」アレックは声をひそめました。「大事な秘密が二つあるんだ。第一に、折り紙が不得意でも、負け組にはならない。第二に、負け組クラブはじつは、本が好きな子のための秘密クラブなのさ。参加したかったら、大歓迎《だいかんげい》するよ」

女の子の顔つきがみるみる変わりました。アレックは抱《だ》きつかれるんじゃないかと思って、ごく事務的《じむてき》にいいました。「名前は？」

「リリー・アレンビー」

「オッケー」そういって、『盗まれた雷撃』の表紙のうらに名前を書きました。

「ウィルナーさんに、負け組クラブに入りますっていってきて。それから、自分の荷物をこっちにもってきて。今日読める本、もってる？」

「えーと……あたし……いいえ、もっていません」リリーはうなだれました。

「だいじょうぶ」アレックはいいました。「ぼくのリュックに『シャーロットのおくりもの』が入ってるから」

リリーはにこにこ。「その本、大好き！」

アレックもにこにこ。「ぼくもさ」

リリーが急いで行ってしまうと、ニーナがやってきて腰《こし》かけました。

ニーナは女の子をあごでさしていいました。「なんの用だったの？」

「リリーもこのクラブに入りたいんだって。折り紙仲間からの脱走者《だっそうしゃ》、二人めだよ」

ニーナはアレックを横目で見ました。「このクラブは最少人数でやるんだと思ってたわ」

「そうだよ」と、アレック。「そのつもり。だけど、あの子くらいなら、場所もそんなに取らないし。本が好きなんだって。それで十分じゃない？」

アレックは、リリーが負け組みたいに感じていることや、そう話してくれたときのリリーの顔がどんなだったか、話そうかと思いました。それに、リリーの話を聞いて、兄貴《あにき》みたいにふるまいたくなったことも。それこそ、オリンポスの神々のスーパーパワーかもしれません！

けれども、今は話すのをやめました。ニーナはとてもいい子です……が、それほどよく知っているわけでもありません。それに、もしケントと仲よくなったらと考えると、ある程度距離《ていどきょり》を取っておくほうがいいでしょう。

ケントには近づかないほうがいいのです。その友だちにも。

計画

新学年が始まって最初の土曜日は、よく晴れてあたたかい日でした。アレックは日よけのかかったポーチの古い長いすにドサッとすわって、一日じゅう本を読んでいたいと思いました。けれど、そんなにうまくはいきません。校長先生からの手紙が金曜日にとどいていて、気持ちのいい土曜日なのに、朝からキッチンのテーブルで家族会議が開かれているのです。

母さんが目の前に広げた手紙を指さしました。「これは大問題よ、アレック。バンス校長先生は、あなたの授業態度《じゅぎょうたいど》や授業参加の積極性《せっきょくせい》について、二人で話し合ったと書いているわ。改《かい》善《ぜん》するにはどうしたらいいか、改善しなければどういうことになるか、ということについても話し合ったって。どうするつもりなの？　父さんも母さんも、あなたの計画を聞きたいわ」

「ぼくの計画？」アレックはいいました。このことばが口から出てきたとき、ずいぶん軽々しい調子だなと、自分で思いました。

「そうだ」父さんがぴしゃりといいました。「おまえの計画だ。家族全員の夏休みを台なしにしないために、どんな行動を取るつもりなのか、そういう計画だ！」

アレックはちょっともじもじしましたが、火曜日以来ずっと、校長先生の手紙と家族会議について考えてきたので、話すことはわかっています。それに、父さんと母さんみたいにまじめに考えているような声を出すように、気をつけました。本当にまじめに考えているからです。

「それは、やることをたくさん書いたリストを作るとか、そういうのじゃないんだ。校長先生も、ぼくがやるべきことは簡単《かんたん》なことだっていってた。授業中《じゅぎょうちゅう》に本を読むのをすっかりやめて、授業に集中して、宿題をやって、試験や小テストでいい成績《せいせき》を取ること。ぼく、もうそうしてるよ」

これはとてもいい答えでしたから、母さんの声はやわらかくなりました。

「そうなの？　もうそのようにしているのね？」

これには証拠《しょうこ》がありました。

アレックは三枚《まい》の紙を取り出し、いっぺんにテーブルのむこうへすべらせました。

「これはきのうやった社会の小テストで、B《ビー》プラス。これは算数の小テスト、八十八点。国語の単語のつづりと意味は、三十五問全問正解《せいかい》。宿題は毎晩《まいばん》やってるの見てたでしょ、このキッチンテーブルでやってるんだから」

アレックは宿題をあえて自分の部屋でやらないことにしたのです――あの部屋には、本の誘《ゆう》惑《わく》が多すぎるからです。

父さんがホチキスでとめた書類を見ています。アレックはいちばん上の紙に印刷された、太い字を見ました。

放課後プログラム・ガイドブック

父さんがせきばらいしました――困《こま》ったときに、よくそうします。

「このあいだの晩《ばん》ごはんのとき、放課後の読書クラブを作るといっていたね。それはいいと思った……だが、この手紙を受け取る前のことだったからな。父さんはこのガイドブックを読み直してみて、母さんと相談した。それで、おまえには読書クラブよりも、宿題班《はん》へ替《か》わってもらいたいと思っている。とくにここ二年のおまえの読書熱については、父さんも母さんも心配しているんだ。本はすばらしいものだよ、しかし、隠《かく》れみのとして使うのはどうかな。もっと友だちとすごしたり、ほかのことに、たとえばスポーツとかに興味《きょうみ》をもってもらいたい。そういうことも考えていこうじゃないか、な？　それで、一学期の成績《せいせき》がよければ、読書クラブでもほかのクラブでも、もどったらいい。それに今までどおり、宿題が終わったら、夜、家で本を読む時間はあるわけだし」

アレックは全身全霊《ぜんしんぜんれい》の力をこめて、いすにすわりつづけていました。そうでなければ、いすから飛び上がって、こう叫《さけ》んでいたでしょう。

〈ふざけるなよ！　一日じゅう授業《じゅぎょう》を受けたあと、また監視《かんし》つきのしーんとした部屋にとじこめられて、三時間もすごせっていうのか？　頭がどうかしちゃうよ！　父さんたちは、ぼくの頭をいかれさせたいっていうの？〉

それから、ニーナのことも考えました。体育館ではケントが毎日ニーナのそばをうろつくでしょう。そして、リリーのことは？　負《ま》け組《ぐみ》クラブに入るなんてほんものの負け組だ、などといわれていじめられたら、だれが守ってやれるのでしょう？　リリーが金曜日の午後にアレックのテーブルに移《うつ》ってから、折り紙クラブのメンバーは、へんな目でリリーを見ていたのです。

こういうことが全部、一瞬《いっしゅん》でアレックの頭の中をかけめぐりました。でも、アレックは両親のことをよくわかっています。アレックが怒《いか》りを爆発《ばくはつ》させたりすれば、両親は防御態勢《ぼうぎょたいせい》を強め、親のいうことは絶対《ぜったい》だ、となるでしょう。では、どうしたらいいのでしょう？

アレックは父さんの顔をのぞきこみ、つぎに母さんの顔をじっと見て、いいました。

「ぼくは校長先生から課題を与《あた》えられたから、そのとおりにやっていて、成果も出てるんだ。

もし宿題班《はん》へ行って、指導員《しどういん》の先生に手伝ってもらったりしたら、自分をごまかしてることになるよ。ぼくは自分でこういう状況《じょうきょう》を作っちゃったんだから、自分自身で抜《ぬ》け出《だ》さなくちゃって思ってる」ここでひと呼吸《こきゅう》。「いいたいこと、わかる？」

父さんと母さんはすばやく目を見かわしました。父さんがうなずいていいました。

「わかるよ。おまえがこんなにまじめに考えていることがわかって、父さんはうれしいぞ」

スペンサー家のキッチンにいるだれかが賞を取るとしたら、まちがいなくアレックがトロフィーを三つ勝ち取ったでしょう。〈緊張下《きんちょうか》でのベスト・アドリブ賞〉〈劣等生《れっとうせい》ドラマにおけるベスト子役賞〉〈ベスト・マインドコントロール（他人の心をあやつる能力《のうりょく》）賞〉を。

うまくいきそうだと、アレックは思いました。

そのとき、母さんがいいました。「わたしもわかるわ、アレック……でも、やっぱり宿題班へ移《うつ》るべきだと思うの。一か月でいいから——勉強第一の習慣《しゅうかん》が身につくまでね」

アレックはまた叫《さけ》びたくなりました。そして、両親の感情《かんじょう》をさかなでする行動を取りそうになりました。でも、アレックの口から出てきたことばは真実でした。

アレックは母さんの目をまっすぐ見つめていいました。

「ぼく、もう学校の勉強を第一にしてるよ。だから、宿題班へ行ったって成績《せいせき》には関係ないし、ぼくが作ったクラブを壊《こわ》すことになるだけさ。ぼくのクラブは放課後プログラムの中で、唯一《ゆいいつ》、すわって本が読める場所なんだよ。ぼくは確《たし》かにたくさん本を読んでる……だけど、ほとんどの子は本を読む時間とか、ただすわって考えごとをする時間なんてないんだ。このクラブは、そういう子たちのためのクラブなんだよ」

アレックは少し前進したなと思いましたが、ちがう面からも攻《せ》める必要がありそうです。

「それじゃ、毎週成績表《せいせきひょう》をつけるっていうのはどうかな？　たとえば〈今週のアレック・スペンサー、十を最高として十段階《だんかい》で評価《ひょうか》すると〉みたいな？　毎週金曜日に、各教科の先生に書いてもらうよ。もし一つでも八より下の評価をもらったら、すぐに宿題班《はん》へ行くから。どう？」

両親はふたたび、目を見かわしました。母さんがいいました。

「それならいいわ。成績表を作って、毎週金曜日の晩《ばん》ごはんのときに見せてもらうことにしましょう。校長先生とも密《みつ》に連絡《れんらく》を取り合うことにするわ」

父さんがつけ加えます。「しかし、いつもいつも八ばかりじゃ、これもまた問題だぞ。すごく一生懸命《いっしょうけんめい》に勉強することになっているんだからな。九や十だって取ってもらいたいね」

アレックはこくりとうなずいて、「わかった」といいました。笑《え》みがこぼれます。勝負に勝ったからというのではなく、心からの笑顔《えがお》です。

「ありがとう。本当にまじめにやるから」アレックはいいました。

これは演技《えんぎ》ではありません。両親は、アレックが勉強をまじめにやる、という意味だけでいったのだと思っているでしょう。でも、もっと別の意味もあるのです。

アレックはあやうく自分のクラブの席を失うところでした。でもこのときまで、どんなにこのクラブが大事だったのか、わかっていなかったのです。もちろん、どこか別の場所で、何時間でも本を読むことはできますし、アレックは読書自体、大好きです。けれど、それ以上に重要だと思いはじめていることがありました。一つは、リリーについて責任《せきにん》を感じているということ。それから、ニーナのことです。毎日午後にニーナに会えなくなったら、きっとさびしいでしょう。それに、体育館のすみっこのあのテーブル。あの場所だけが、学校の中で自分が好きにできる、自分自身でいられる場所なのです。

このクラブになにが起ころうと、アレックはしがみついていなければ、と思いました。物語に夢中《むちゅう》になるときに似《に》ています。なにがあっても読みつづける――そうしなければ、つぎにどんな展開《てんかい》になるか、わからないからです。

そう、似ていると思ったのです。でも、じつは……ちがいました。

自問自答

月曜日の放課後、アレックは体育館へ急ぎ、名前をチェックして自分のテーブルにつきました。アレックは一日じゅう、両親とかわした約束を強く意識《いしき》していました。こんどの金曜日には、各教科の先生に、その週の評価《ひょうか》をしてもらわなければならないのです。

校長先生に呼《よ》び出《だ》されてからは、授業中《じゅぎょうちゅう》に本を読みたいとは思わなくなりました。けれど、どうしてもぼんやり考えごとをしてしまいます。この長い月曜日のあいだに、アレックは二回、オリンポスの神々とそのスーパーパワーのことを考えはじめました。算数で一回、社会で一回です。さいわい、シュワード先生やヘンリー先生に指摘《してき》される前に、自分で気がついてやめました。アレックの席はいちばん前ですから、これはおどろくべきことです。でも、いちばん前にすわって授業に集中せざるをえないというのは、いいことでした。これまでのところ、宿題やテストはすごく簡単《かんたん》に思えました。

数分後、クラブのテーブルにリリーがやってきました。自分の体重くらいありそうなリュックをかついでいます。

リリーはにっこり笑うと、リュックをテーブルにおきました。

「今日はいちばん乗りしたかったんだけど、負けちゃった！」

アレックは笑い返して、「競争じゃないんだからさ」といいました。そして、リリーのリュックに目をやりました。「今夜の宿題はたいへんそうだね」

「ううん、本をもってきたの！」

リリーはそういうと、リュックのジッパーをあけ、本を取り出しました。『シャイローがきた夏《なつ》』『きいてほしいの、あたしのこと——ウィン・ディキシーのいた夏《なつ》』「グレッグのダメ日記《にっき》」シリーズから四冊《さつ》、『時《とき》をさまようタック』『ブー！ブー！ダイアリー』『バドの扉《とびら》がひらくとき』『ふたりの星《ほし》』、「ハリー・ポッター」シリーズ——どんどん積まれていって、もう二十冊以上。リリーが最後に取り出したのは『シャーロットのおくりもの』で、アレックのよりずいぶんきれいな本でした。

「すごいな、ぼくの好きな本がいっぱいだよ！」アレックはいいました。一回にもってくるのは一冊か二冊でいいんだよといいそうになりましたが、リリーがあんまりうれしそうなので、水をさしたくありません。そこで、こういいました。

「その本、ここにおいておきたければ、ウィルナーさんに箱をもらうよ。全部の本に自分の名前を書いといて。今日はどれを読む？」

リリーは『ブー！ブー！ダイアリー』を選びました。「これ――買ったばかりなの！」

「いいね」アレックはいいました。

リリーはアレックとは反対がわの、まん中の席にすわっていいました。

「もうおとなしくするね……アレックも本を読みたいでしょう？」

そのとおりでした。「ありがとう」と、アレック。

アレックはレイ・ブラッドベリという作家の短編集《たんぺんしゅう》をもってきていました。この本は初めて読みます。父さんが中学生のときに買った本で、SF《エスエフ》（空想科学小説）です。父さんはそういう本が大好きなのです。

リュックから取り出すと、少し黄ばんだ古いペーパーバックの本は、ひとりでに、「すべての夏《なつ》をこの一日《いちにち》に」という物語のところで開きました。

読みはじめると、父さんがうけ合ったとおり、アレックは作者の文体にわしづかみにされました。物語は、金星のとある学校が舞台《ぶたい》です。子どもたちは、生まれて初めて空に太陽が輝《かがや》くのを見られるとあって、興奮《こうふん》しています。教室には地球で生まれて金星にやってきたマーゴウという女の子がいて、太陽がどんなものかを覚えています。それはすばらしいものだとみんなに話しますが、ほかの子たちはマーゴウにやきもちをやき、いじわるを始めます。

物語の結末を読んで、アレックはおなかをなぐられたような気分になりました。腰《こし》かけたまま、最後の文をじっと見つめました。マーゴウがかわいそうでたまりません。

物語は長くなかったので、アレックはもう一度もどって、読み返しました。こんどは、金星に住んでいる子どもたちの描写《びょうしゃ》がまるで現実《げんじつ》のように感じられましたし、どうということのない陽光が、太陽を見たことがない子どもにとって、とてつもないおどろきだということが、手に取るようにわかる文体でした。

アレックはやっとわれに返り、ここが体育館で、クラブのテーブルにいるんだと思いだしました。リリーも本を読んでいます……が、ニーナがいません。もう三時二十分すぎです。

きっと、歯医者にでも行ったんだ。それか、算数の教室で居残《いのこ》りさせられてるか。または、十一月にある社会科の発表会のために、だれかの手を借りに行ったのかも。それとも……。

アレックは考えるのをやめました。だって、ニーナがどこにいようと、アレックにはなんの関係もないのですから。

そのとき、ニーナが見えました。

なにがどうなっているのか、頭の整理をするのに少し時間がかかりました。ニーナは体育館のいちばんむこうにいます。そして、キックベースをやっています。ケントと。ケントはピッチャーで、ボールをころがすときに大声で指示《しじ》を出しています。ニーナは真正面でボールをけりましたが、二塁手《るいしゅ》がつかみました。これはただの練習のようで、ケントはボールをもどしてもらい、もう一回ニーナにころがしました。ニーナはすてきなケントと楽しくすごしています。二年生のときから、アレックをからかってばかりいるケントと。

キックベースの国には、笑い声や活発な動きや、冗談《じょうだん》やおしゃべりが満ちています。

ぼくはどこにいる？

アレックは自問自答しました。

ぼくはこのすみっこで、悲しいSF《エスエフ》を読み、リリーの子守《こもり》をしてる。

アレックの目の前のテーブルの上には、手書きの名札がきちんとおいてあって、それがキックベース場の光景とぴったり合っています。

負け組クラブ

ニーナは大きなフライをけり、走りだしてケントといきおいよくハイタッチしました。ふん、この名前がお似合《にあ》いだ、とアレックは思いました。

これ以上悪いことってないなと思っていたところへ、左のほうから、ケースさんのスニーカーのキュッキュッという音が聞こえてきました。ケースさんがアレックの目の前に立ったので、ニーナは見えなくなりました。

ケースさんはリリーににこっと笑いかけました。

そして、アレックにいいました。「ウィルナーさんから聞いたわ。あなたのクラブはもう人がふえているそうね、すばらしい！　最初はどんな本をグループで読むことにしたの？」

アレックがいいました。「そういうふうにはしないんです。それぞれ、好きな本を読むんです」

ケースさんは顔をしかめました。「でも、本を一冊《さつ》決めて、それを読んで意見をいい合うんでしょう？　読書クラブってそうするものじゃないの？」

アレックは、ケースさんを喜ばせようという気分ではありませんでした。

「そういう読書クラブもありますけど、このクラブは、本を読むのが好きな人のためのクラブなんです。申請書《しんせいしょ》にもそう書きましたよね。だから本を読んでいるんです」

「ふーむ」ケースさんは少し考えこんでから、いいました。「でも、毎日ただすわって白分勝手に本を読んでいるだけだと、発表会のときにどうするつもりなの？　またこの話をむし返して悪いけど、バンス校長先生から、今年は予定が変わって、放課後プログラムの発表会は、学校公開日と同じ日にするという話があったの。ということは、全校生徒五百人とその保護者《ほごしゃ》が見にくるのよ。この放課後プログラムがどんなにすばらしいか、みんなに見てもらいたいの。どんな発表をするか、もう考えてあるのかしら？」

アレックは肩《かた》をすくめました。「これから考えます」

ケースさんは、発表会のことでまだなにかいいたそうに口を開きましたが、にっこり笑ってこういいました。「それじゃ、今日も楽しんで」

そして、キュッキュッとスニーカーの音を立てながら行ってしまいました。

リリーがアレックを見ていいました。

「発表会はまだずっと先だけど……折り紙クラブのみんなは、最初の日に、どんなことをしようかって話し合ったの。このクラブは、どんなことをするの？」

アレックは心の中で、皮肉をこめて答えました。「こういうふうに発表するさ。『さて、つぎは、ニーナによる読んでるふり、じつはケントとキックベースです！』ってね」

でも、なんとかがまんして、リリーにかすかに笑いかけました。「ケースさんにいったとおり、これから考えるよ。それまではとにかくずっと読んでるつもりさ」

二つの賭《か》け

「ねえ、見てた？　最後のボール、一キロ先までけったのよ！」ニーナは息もつがずにいいました。

リリーはなにもいいません――本に夢中《むちゅう》になっていましたし、自分に話しているわけではないとわかっていました。

アレックは本から顔を上げました。「なに？」

これはうそでした。なにもかも見ていたのですから。ケースさんに、ニーナを引っつかんで、本来の活動場所へつれもどしてほしかったのです。規則《きそく》にうるさい監督《かんとく》は、本当に必要なときにどこにいたんでしょう？

ニーナは水色のトレーナーを脱《ぬ》いで、アレックのななめ向かいにすわりました。顔は上気し、茶色い髪《かみ》のたばが額《ひたい》にはりついています。まだハーハーいいながら、ニーナはいいました。

「見ればよかったのに――キックベースやってたのよ。すごくうまいんだから！」

アレックはにっこりしました。

「いいね。だけど……なんでケースさんに、クラブのテーブルに行きなさいっていわれなかったんだろう？」

「簡単《かんたん》よ」と、ニーナ。「スポーツ班《はん》に替《か》わる場合にそなえて、今日はキックベースを練習させてくださいって、ジェンソンさんにたのんだの。全然問題ないわ」

アレックは目を丸くしました。「替わる？」声もかすれています。「替わるつもりなの？」

ニーナは見返しました。「ちがう、そういっただけよ。ゆうべ、ケントがお兄ちゃんのところにバスケットをしに来たとき、あたしのこと、弱虫っていったの。で、さっき体育館に来たら、ニーナは絶対《ぜったい》、三球つづけてミスをする。アイスクリームサンドを賭《か》けてもいいぜっていわれたの」

「へえ」アレックは無理やり笑いました。賭けに勝つためにやっただけか。

ただ、ニーナは強制《きょうせい》されていたようには見えませんでした。すごく楽しそうにやっていたではありませんか。ハンサム・ケントと。イケメン・ケントと。宇宙一《うちゅういち》のキックベースチャンピオン・ケントと。

ニーナはつづけます。「あしたの昼休みに、アイスクリームサンドをおごってもらうのは

――このあたし！　それに今夜、ケントがお兄ちゃんのところへ来たら、バスケットを教えてくれることにもなったわ。あたし、バスケット苦手だから。とくにレイアップシュートが」

アレックはまだ笑顔《えがお》を作ったまま、「いいね」とくり返しました。

それから、本に目を落としました。もうこの話は終わりです。

ところが、ニーナはまだしゃべっています。「なにを読んでるの？」

アレックは表紙が見えるようにもち上げました。

ニーナは目を細めました。「レイ・ブラッドベリ？　聞いたことないわ」

「すごく有名だよ、父さんがいってたんだけど。この本、父さんが中学生のときに買ったものなんだ。父さんのお気に入り」

ニーナはその本をながめていいました。「古い本ね――アレックの本って、古いのが多いわね。骨董品《こっとうひん》みたい。『宝島《たからじま》』がかばんに入れてあるじゃない？　あれなんか古典だもん」

「だからなんだよ？　本って、古いか新しいかで決められないだろ。中身がいいか悪いかだよ。いい本なら古くならないんだよ」

「わかったわかった」と、ニーナ。「でも、アレックが好きな本って、ほとんど現代的《げんだいしき》な本じゃないでしょ」

「ニーナは、いちばん最近パン食べたのはいつ？」アレックがたずねました。

「なに関係ないこと聞いてるの？」

「質問《しつもん》に答えてよ！」

「パンは今日食べたけど。お昼に」

「パンは現代的《げんだいてき》な食べ物か？」

「別に……」

「そうだろ」と、アレック。「パンは大昔からずっとあるし、おいしいのもまずいのもある。本と同じだよ！」

ニーナは議論《ぎろん》を終わらせようと思いました。そこで、アレックの本をさしていいました。

「それで、これはどんな本なの？」

「短編集《たんぺんしゅう》さ、SF《エスエフ》の」

ニーナは鼻にしわをよせました。「SFってあんまり好きじゃない。ロケットとか、宇宙人《うちゅうじん》とか、そういうのが出てくるんでしょ」

アレックは、『五次元世界《ごじげんせかい》のぼうけん』もSFだよと、教えてあげたくなりました。それに、ニーナはきっと『きみに出会《であ》うとき』は読んだにちがいありません。『五次元世界のぼうけん』を読むなら、『きみに出会うとき』は必読です。それに、『ギヴァー　記憶《きおく》を注《そそ》ぐ者《もの》』はどうでしょう？　もっとSF《エスエフ》っぽいではありませんか。

けれど、また議論《ぎろん》を始めるかわりに、アレックはいいことを思いつきました。

「こうしたらどう？　この『すべての夏《なつ》をこの一日《いちにち》に』っていう話を読んでごらんよ。もしこれがつまらなかったら、ぼくもアイスクリームサンドをおごってあげる。でも、おもしろいと思ったら、ぼくにおごるんだよ。五分で読めるから。これも賭《か》けだよ」

アレックは本をテーブルにすべらせました。

ニーナは肩《かた》をすくめて苦笑《くしょう》すると、本を手に取りました。「いいわよ――賭けね」

そして、その物語を開いて読みはじめました。

アレックはぼろぼろになった『宝島』を引っぱり出しました。それを開いてテーブルに立てましたが、読んではいません。ニーナの顔を見ているのです。

まだ一ページめですが、ニーナはもうとりこになっています。アレックはニーナを見ながら、頭の中で物語をなぞっていました。今はあの場面を読んでいるんだろうな、と思いながら。

ニーナはキックベースのおかげでまだ息が荒《あら》かったのですが、読みすすむにつれて呼吸《こきゅう》が静かになり、動いているのは文字を追っている目だけになりました。

子どもたちがマーゴウをいじめている場面に来たな、とわかったのは、ニーナの顔がくもったからです。

最後の場面に来たこともわかりました。口がへの字になって、眉間《みけん》にしわがよったからです。

ニーナは十秒ほどその顔のままずわっていました。アレックに見られていると気がつくと、こっちを向いて笑顔《えがお》を作ろうとしました。涙《なみだ》ぐんでいるのがわかります。

「はあ」ニーナはため息をつきました。「すごくいいわ。SF《エスエフ》だなんて思えないくらい」

ニーナは片手《かたて》で目をこすると、また本にもどりました。アレックと同じように、最後の数行を読み返しているのでしょう。

そしてまた、「はあ」とため息をつきました。

ニーナが本をとじると、魔法《まほう》はとけました。

ニーナはアレックのほうへ本をすべらせました。

「アレックが読み終わったら、あたしが借りてもいいか、お父さんに聞いてくれない？」

「もうぼくがもらったんだ――いつでも貸《か》してあげるよ」

「うれしい」ニーナはそういってにっこりしました。「あしたのお昼に、ケントがアイスクリームサンドをおごってくれるから、とけないうちにすぐアレックにあげるわ！」

アレックは笑いました。「やった！　でも……半分こしようか？」

ニーナはまだにっこりしながらうなずきました。「約束ね！」

リリーがちょっと迷惑《めいわく》そうな顔をして、二人を見上げました。

アレックはいいました。「ごめん――もう話は終わったよ」

「うん。今ちょうど、いいところだったから」

けれど、しばらく静かなテーブルについていると、アレックはこの読書クラブが、ケースさんのいうようなものだったらいいのに、と思うようになりました。あの物語について、ニーナはほかにどんなことを感じたのでしょう？　登場人物について。設定《せってい》に現実味《げんじつみ》をもたせる書き方について。いじわるをした子どもたちについて……アレックにいじわるをしたケントみたいです。それから、アレックはいつも、物語が終わったあと、このあとどうなるんだろうと考えてしまいます。ニーナもそういうタイプなのかどうか、知りたいと思いました。

でも、負け組クラブはそういう読書クラブではないので、残りの一時間半は、みんなそれぞれ静かにすごしました。

ただ、ニーナはときどき肩《かた》ごしに、キックベースの試合をちらちら見ています。

アレックもときどき、テーブルのむこうのニーナをちらちら見ています。あれ？　ぼくまた彼女《かのじょ》を見てたぞと自分で気がついて、すぐに本にもどり、SF《エスエフ》の世界にどっぷりひたりました。こわい物語もありましたが、無意識《むいしき》にニーナに目を向け、彼女のことを考えているなんて、そっちのほうがよっぽど恐怖《きょうふ》です。

アレックは土曜日に父さんにいわれたことを思いだしていました。本を隠《かく》れみのに使うな、といわれたことを。今、自分がやっていることは、まさしくそれでした。

よくも悪くも、アレックはそうしつづけました。

CHAPTER 16

プリンセス戦士

火曜日の午後三時十五分、負《ま》け組《ぐみ》クラブのテーブルに、キックベースのボールがドン！　とはね返り、アレックもニーナもリリーもびっくりして飛び上がりました。

ボールはニーナの手から本をはね飛ばし、ニーナがそれを拾わないうちに、デーブが飛んできてボールをつかむと、はるかむこうのすみにあるホームベースに向かって、サイドスローで投げました……が、ランナーをアウトにするのには間に合いませんでした。ランナーはケントです。

アレックとニーナが見ていることに気がつくと、ケントは大きく手をふって、親指を立てました。二人も手をふり返します。

ニーナは本を拾いながらいいました。「すごいキックね！」

アレックはうなずいただけでした。ニーナの声には称賛《しょうさん》の気持ちがこもっています。

アレックはまた、きのうのブラッドベリの本にもどりました。じつはもう、きのう全部読み終わっていました。最後の三編《ぺん》は寝《ね》る前に読んだのです。「雷《かみなり》のような音《おと》」という最後の物語は、タイムトラベルで大昔にもどったハンターが、恐竜《きょうりゅう》のティラノサウルスを狩《か》るという、すごい話です。

アレックはその夜、恐竜の夢《ゆめ》を見ていました。そして今、大好きなこの物語をもう一度読んでいたのです。巨大《きょだい》トカゲの狩りから始まります。

十分後、負け組クラブのテーブルから三メートル上の壁《かべ》に、ボールがバン！　とぶつかり、三人は飛び上がりました。はね返ったボールは、六メートル手前の床《ゆか》に落ちました。またセンターを守っていたデーブがボールをつかみ、投げ返しました。

これもまたケントがけったボールでした。三塁《るい》をまわるとき、ケントはこっちをふりむいて手をふりました。ニーナも笑って手をふりました。

アレックもふりましたが、笑ってはいません。

「こんなに遠くまでけるなんて、すごいキック力だと思わない？」ニーナがいいました。

「ああ、そうだね」アレックはいいました。

アレックはリリーと同様、すぐに本にもどりました。でも、ニーナはしばらくキックベースの試合を見つめてから、やっと本を開きました。

その十五分後、またまたボールが飛んできました。これもうしろの壁にぶつかり、こんどはテーブルの上にドスン！　と落ち、高くはね返ってもどっていきました。ちょうど名札の上に落ちたので、名札はぺしゃんこになって床《ゆか》にころがっています。

またしてもデーブが走ってきて、ボールをつかみ、投げました。

キックしたのは、これまたケント。

ニーナとアレックが見ると、さっきのように、ケントが笑顔《えがお》で手をふりました。

けれど、ニーナはさっきのようには、笑顔で手をふりませんでした。

「わざとやってるのよ——あたしたちをじゃましようとして」と、ニーナ。

アレックもうなずきました。「そうかもしれない」

これはうそでした。だってアレックは、そうに決まってる、と思っていたからです。

この数時間前の昼休み、ケントは月曜日に賭《か》けで負けた分のアイスクリームサンドを、ニーナにもってきました。ケントはアイスクリームサンドをもう一つもっていました。二人で楽しくデザートを食べようという計画だったのでしょう。

ところが、ニーナはどうしたと思いますか？　ケントにお礼をいうと、すぐに席を立ち、アレックのところに行って、アイスクリームサンドをわたし、向かい合って腰《こし》かけたのです。アレックはアイスクリームサンドを袋《ふくろ》から取り出すと、二つに割《わ》り、ニーナに半分あげました。

二人は笑ったりしゃべったりしながら、ニーナのアイスクリームサンドを――ケントからもらったアイスクリームサンドを――仲よく食べました。

アレックはまざまざとその光景を思いだしました。

きのう、ニーナとあのＳＦ《エスエフ》小説が気に入るかどうかの賭《か》けをしたのは、わざとです。自分もケントと同じくらい頭が切れると思われたかったから。

アイスクリームサンドを賭けたのも、わざとです。ケントに対抗《たいこう》するためです。

けれど、ケントがくれたアイスクリームサンドを、即行《そっこう》でアレックにあげるというのは、ニーナが考えたことです。

アレックはそれを聞いた瞬間《しゅんかん》、ケントはムカつくだろうなと確信《かくしん》しました。

半分こしようと提案《ていあん》したのも、わざとです。ケントをもっとイラつかせるためです。

二人でアイスクリームサンドを半分ずつ食べているあいだ、アレックはケントがこっちを見ているかどうか、ちらっと確《たし》かめました……ええ、もちろん見ていましたよ。

そのときのケントの顔といったら！

まるで怒《いか》り狂《くる》ったティラノサウルスみたいでした。

というわけで、このボール爆撃《ばくげき》がわざとだということは、疑《うたが》いの余地《よち》もありません。アイスクリームサンドのことで頭にきたケントの仕返しでした。

すべて理解《りかい》したアレックは、ニーナに全部ぶちまけたくなりましたが、そうなると、アレックがケントに対抗《たいこう》していることを話すことになります。どうして対抗してるの？　なんて聞かれたらたいへんです。

やはり、今はニーナに全部話すのはやめておきましょう。

でも、なにかもうひとことといわなくちゃ、と思ったので、こういいました。

「よく注意していなくちゃな！」

「そうね」ニーナはリリーに向かって、「あたしたち、アレックのほうに移動《いどう》しましょう」といいました。

二人が席につくと、ニーナは「鉛筆貸《えんぴつか》して」といいました。

「いいよ」アレックはかばんをかきまわして、二年くらい使っている緑色のちびた鉛筆を見つけました。

ニーナはいぶかしげにその鉛筆を見ました。「これしかもってないの？」

アレックがもう一度探《さが》しているあいだに、リリーがペンケースを取り出して、ジャックをあけ、削《けず》りたての新しい鉛筆をニーナにわたしました。

「すてき――ありがとう！」

四回めのボール攻撃《こうげき》がありましたが、こんどは二、三回バウンドしてきたので、そんなに強くありませんでした。こんどもデーブが走ってきて、塁《るい》をまわっているのはケントです。チームメートは「チャンピオンズ、チャンピオンズ、チャンピオンズ、チャンピオンズ！」ととなえています。

一回けると、つぎの打順までなかなかまわってこないので、アレックたちはまた本にもどってしまい、ボール爆撃《ばくげき》があるたびにびっくりさせられるのです。

それからも二回ボール爆撃があり、折り紙クラブとチェスクラブの近くに落ちました。ボン！　という強烈《きょうれつ》なキックの音と、ケントが大きいのをけるたびに起こる歓声《かんせい》が、危険《きけん》を告げる警告音《けいこくおん》なのです。

七回めのボン！　と、歓声が聞こえたので、アレックが顔を上げると、ボールが空中を飛んでいました。きれいな弧《こ》を描《えが》いて、体育館をつっ切ってきます。まっすぐこっちへ。

「おい、気をつけろ！」

リリーは首をちぢめましたが、ニーナは目をキラキラさせています。

ニーナはボールの速さと落下地点を見きわめ、落ちてくる瞬間《しゅんかん》に、借りた黄色い鉛筆《えんぴつ》をにぎりしめた手をのばしました。

ボールはいきおいよくニーナの手に落ち、くし刺《ざ》しの大きな赤ピーマンのようにひしゃげました。空気がシューシュー出ています。

リリーやほかのクラブの子たちが、わーっといって拍手《はくしゅ》しているあいだ、ニーナはアレックのほうを向いて、勝ちほこったまぶしい笑顔《えがお》を見せました。

アレックはあまりのことに、口がポカンとあいていることに気がつきました。あわてて口はとじましたが、まだびっくりしています。プリンセス戦士ニーナが剣《けん》を抜《ぬ》き、片手《かたて》で竜《りゅう》をしとめたのです！

デーブがやってくると、ニーナはにっこり笑って手をさし出しました。デーブはぺしゃんこになったボールを、鉛筆《えんぴつ》から抜き取りました。

「悪いわね」ニーナはかわいらしくいいました。

デーブは笑いました。悪いなんてちっとも思ってないよね、という顔です。テーブルにいたみんなもそう思っています。

みんなはデーブがむこうへ走っていくのを見ていました。選手たちがだめになったボールを点検《てんけん》し、体育館のむこうからこっちを見ているのもわかりました。

アレックは、入り口近くでケースさんが腕組《うでぐ》みして立ち、負け組クラブを見ているのに気がつきました。にこっと笑って手をふろうかと思ったのですが、ケースさんの表情《ひょうじょう》を見てやめました。

ケントもこっちを向いてガッツポーズをし、両手の親指を立てました。でもそれは、ニーナだけに向けたものでした。

ニーナはうんうんとうなずいて、手をふりました。

ボールは倉庫にまだあったので、ジェンソンさんが一つ出してきました。試合はほんの一、二分おくれただけでした。

チャンピオンズはそれからあとも、相手チームをつぎつぎにやぶっていきました。大きなキックもたくさん出ました。

でも、負け組クラブの近くには、一回も落ちませんでした。

待ちぶせ

「おい、負け組！」

水曜日の朝、一時間めの直前に廊下《ろうか》を歩いていたアレックは、うしろから声をかけられました。ケントだ、とわかったので、足を速めました。

ケントはもう少し大きな声で、また声をかけました。

「おーい、本の虫ケラ！」

アレックはどんどん歩いてふり返りません。そんな呼《よ》び方《かた》をされて答えるもんですか。歩きつづけていますが、一時間めの図工の時間には、どうせケントもいます。一学期のあいだは、体育、図工、音楽が同じクラスです。いやでもケントといっしょです。

「おーい、アレック——待てよ！」

アレックが立ち止まってふり返ると、ケントがにこにこしながら追いついてきました。

ケントは大げさにハーハーしながら、いいました。

「ふーっ！　おまえ、ちびのくせに歩くの速いな」

ほめているのか、けなしているのか、わかりません。

アレックは別に小さくありません――ほかの六年生と同じくらいの身長ですし、がっしりしています。ですから、歩くのが速いというほめことばはいいとしても、やはり警戒《けいかい》してしまいます。

ケントがいいました。

「きのうニーナがボールをくし刺《ざ》しにしたの、すごかったな！　なんかしかけでもあるのかね？　ゆうべニーナに電話したんだけど、出ないんだ。で、あそこの兄ちゃんとバスケットしようと思って行ったんだけど、ニーナはどっか行っちゃってさ。あれはすごかったなって、彼女《かのじょ》にいいたかった！」

アレックは苦笑いしました。

「ああ、まったくおどろいたよ。剣《けん》のかわりに鉛筆《えんぴつ》をもった、プリンセス戦士だもん！」

「プリンセス戦士か――それいいね！」ケントは笑っていいました。「きのうはおれ、ボールを思い切りけっとばして、最高の試合になったんだ！　でもさ、そっちのクラブには迷惑《めいわく》かけたよな」

アレックは肩《かた》をすくめました。「いや、だいじょうぶ」

それは本当でした。ケントのボール爆撃《ばくげき》がほんものの戦いだとしたら、負《ま》け組《ぐみ》クラブはそれに勝ったのですから。アレックはそう思っていますし、ケントだってきっとそう思っているのでしょう。そうでなかったら、どうして急にこんなに感じがよくなったり、ニーナのことをほめちぎったりしているのでしょう？

答えはすぐにわかりました。

ケントは図工室の手前で立ち止まりました。「ちょっと話を聞いてくれよ」

掲示板《けいじばん》の前でケントと向かい合って立っていると、アレックはなんだか自分が小さくなったような気がしました。ケントのほうが少なくとも五センチは背《せ》が高いので、目を合わせるには、顔を上げなければなりません。

ケントは少しことばを切ってから、大まじめに話しだしました。

「ちょっと聞きたいんだけど……おまえとニーナって、その、付き合ってるかなんかなの？」

これにはめんくらいました。

アレックはごくりとつばを飲みこんでいいました。「どういう……意味だよ、付き合ってるって？　ぼくたちが？　まさか……まさか！」

ケントはまた笑顔《えがお》になっていいました。

「よかった！　おれ、なんていうか、告白しようと思ってさ。彼女《かのじょ》、すげえクールだから」

図工室には子どもたちがなだれこんでいきます。ケントがいいました。

「しめ出されないうちに、急いで入ったほうがいいな。じゃ、またな！」

アレックはケントのあとから教室へ入りました。頭はまだ廊下《ろうか》のどこかに残っていて、今起きたことを整理しようとしているみたいでした。

チャイムが鳴って、ボーデン先生が授業《じゅぎょう》を始めました。

「では、聞いてください。テーブルに壁紙用《かべがみよう》ののりと、新聞紙を細長く切ったものがあります。先週みなさんが描《か》いたスケッチをもとにして、作業してください。形を作るのに風船を使ってもいいですし、新聞紙をかさねてテープでとめてもいいです。一学期の終わりまでに、お面の形ができているように。張《は》り子《こ》を作るときはとてもよごれますから、図工用のシャツを着てください。それでは、始め」

みんなはぺちゃくちゃ話を始めながら動きだしました。教室のうしろの棚《たな》からシャツやスケッチを取ったり、テープや新聞紙を取ったり、決められたテーブルへ移動《いどう》したりしました。

アレックは教室をぐるぐるまわって、物を取ったり、おいたり、長いシャツのボタンをはめたり、自分のテーブルを探《さが》したり、いすに腰《こし》かけたりしました。それでもまだ、体と心がバラバラになっている気分でした。

アレックは、ニーナのことでケントにいったことばを思い返しました。

「……付き合ってるって？　ぼくたちが？　まさか……まさか！」

そのとおりです――なんの問題もありません。

でも、あんなふうに大声でいったこと。しかもケントに。これが問題です。

けれど、それなら……いったいなんていえばよかったのでしょう？

〈だれが？　ニーナとぼく？　なんでもないさ、ほんとに――少なくとも今まではね。だけど、おまえが二年くらいどこかへ消えててくれればありがたいかな。フランスか……金星にでも〉

「さあ、アレック、手を動かしなさい。お面はひとりでにはできませんよ」

「あ――はい」アレックはいいました。

ボーデン先生はほかへ行き、アレックは集中しようとしました。そうしなければならないのです。金曜日にはボーデン先生だけでなく、ほかのどの先生にも、十段階中《だんかいちゅう》八以上をつけてもらわなければならないからです。さもなければ宿題班《はん》行きです。それが両親との約束でした。

アレックは『宝島《たからじま》』のさし絵をもとにして、お面のスケッチを描《か》いていました。眼帯《がんたい》と金のイヤリングをつけ、笑うと歯が抜《ぬ》けているのが見える、ごつごつした顔の海賊《かいぞく》です。三角帽子《さんかくぼうし》には、どくろと二本の骨《ほね》がバッテンになっている絵がついています。

アレックは突然《とつぜん》、早くお面を仕上げて顔につけ、そり返った刃《は》の短剣《たんけん》を手に、ケントと果たし合いができたらいいのに、と思いました。

すると、そんなことを思った自分にびっくりしました。

第一、ニーナは果たし合いで勝ち取るごほうびではありません。なんであれ、ニーナは自分で好きなことを選べるのです。

それに、どうしてケントと戦おうなんて思ったのでしょう？　いっぺんに十個《こ》もの災難《さいなん》がふりかかったと同じです。

〈そんなことを考えるなんて、完全に頭がどうかしちゃったんだ！〉

アレックは新聞紙の長い切れはしをべたべたするのりにひたし、所定の場所に貼《は》りつけました。大きくため息をつくと、その作業をくり返しました。

新聞紙の切れはしを十枚《まい》も貼りつけたころには、少し気分がよくなってきました。そして、完全に頭がどうかしたんじゃない——半分くらいだろう、と思いました。

CHAPTER 18

おもしろくない！

水曜日の午後、体育館のクラブテーブルにつくころには、アレックは人生について、自分自身について、ニーナについて、ずっと気楽に考えられるようになっていました。ケントについてもです。

というのも、ケントはアレックのことを負け組と思っていないことは確《たし》かだからです。本の虫は本の虫ですが、負け組ではない。そうでなければケントはどうして図工の時間の前、ニーナのことをアレックに話したのでしょう？

そう、ケントはアレックを負け組だなんて思っていません。それどころかライバル、競争相手とみなしているのです。そう考えると、アレックはいい気分になりました。

ところが、楽しい気分も一瞬《いっしゅん》で打ちくだかれました。

なぜなら、ちょうどそのときニーナが体育館へ入ってきたのですが、ケントが「やあ」といいながら、小走りに近づいていったのを見たからです。ケントはニーナのとなりをしばらく歩いています。

「アレック、この本おもしろい？」リリーが『穴《あな》HOLES《ホールズ》』を手に取っていいました。

「ああ、おもしろいよ」アレックがいいました。

リリーはもっと話がしたかったのですが、アレックはニーナとケントのほうを向いてしまいました。

二人は体育館のまん中で立ち止まり、おしゃべりしています。それから、ニーナはにこにこ顔でこっちへやってきました。

ケントはまだそこに立っています。アレックがテーブルにいるのを見ると、ケントはにっこり笑って両方の親指を立てました。そしてくるりとむこうを向くと、いつものようにキックベースで相手をこてんぱんにやっつけるために、走っていきました。

ニーナが近づいてくるにつれて、アレックは新たな大問題に気がつきました。

けさ、アレックはケントに、二人は付き合ってなんかないといいました。みんなが知るかぎり……それは本当です。

でも、今のケントの親指立てはなんだっていうのでしょう？

〈ぼくがあいつの手助けをしてやってると思ってるのか？　ニーナに「告白する」手助けを？〉

「ハーイ、アレック」

「やあ」

ニーナはリュックをおろして、いつもの席にすわりました。「余分《よぶん》なおやつもってない？　お昼に買うの忘《わす》れちゃって、おなかぺこぺこ！」

「だいじょうぶ、いっぱいもってるよ」アレックは自分のリュックに手をのばし、のぞきこみました。母さんが、こっそり体にいいおやつを入れていました。

「コーンスナックか、レーズンとオート麦とハチミツのグラノーラ・バー、どっちがいい？　ジュースもあるよ、ハワイアンパンチとぶどうジュース」

「そうねえ、アレックはどっちがいい？」と、ニーナ。

「どっちでもいいよ。先に選んで」アレックはにっこりしました。

「それじゃ、グラノーラ・バーとハワイアンパンチをもらうわ。ありがとう」

アレックはおやつをテーブルにすべらせました。ニーナはすぐに包み紙をむくと、グラノーラ・バーを半分もかじり、ジュースのパックにストローをさしながら、くちゃくちゃかんでいました。

ジュースをごくりと飲みこんだあと、ニーナはいいました。

「ねえ、聞いてくれる？　ここへ来たらケントが走ってきて、こういったの。『どうして一日じゅうおれのことを避《さ》けてたんだ？』って。あたし、ひとことも話しかけなかったし、ケントが来るのがわかると、反対のほうへ行ってたから。ゆうべもそうしたの。ケントはいつもお兄ちゃんのところへ遊びにくるからね。電話もしてきたけど、絶対《ぜったい》出なかったし」

ニーナはこんどは小さくかじり、かみながら話しつづけます。

「それで、あたしいったの。『きのうあたしたちのテーブルにボールをぶつけてきたの、ひどいじゃない。だからボールをぺしゃんこにしたけど、あたしのやったこともひどかったわ。だから、ケントとは話したくなかったの』って。だってほんとなんだもん――ね？」

アレックはうなずきました。「うん――わかるよ」

「そしたらケントはこういったの。『でももう怒《おこ》ってないし――あのくし刺《ざ》しはかっこよかったよ。まるで、剣《けん》のかわりに鉛筆《えんぴつ》をもった、プリンセス戦士だ！』って、そういったのよ！あたしのこと、プリンセス戦士だって！　おもしろいでしょう？」

アレックは楽しそうな顔をしているのが、どんなにたいへんだったことか。

「うん――おもしろいね」

アレックはていねいな口調でいいました。

でも、頭の中では、わめきちらしていたのです。

〈ケントのやつ、ぼくのアイデアを盗《ぬす》みやがった！　こっちはずるいことなんかしてないのに！　プリンセス戦士っていうのは……尊敬《そんけい》と名誉《めいよ》の称号《しょうごう》で――女の子の点数かせぎに使う、安っぽいくどき文句《もんく》じゃないんだ！〉

体育館のむこうからは、ボン！　という大きなキックの音がして、ケントが塁《るい》をまわるときの大歓声《だいかんせい》が聞こえてきました。

ニーナはケントのほうを見て、ほほえみました。

アレックも見ました。

でも、アレックの顔は、とてもほほえみとはいえない表情《ひょうじょう》でした。

ノンフィクション

九月の肌寒《はださむ》い金曜日、夜のとばりがおりるころ、アレックはアッシュ通りを自転車で走っていました。ケントの家を通りすぎ、つぎのブロックを半分すぎたところです。あと四ブロック行って左へ曲がれば、ニーナの家はもうすぐです。

そしたらどうするの？

それはまだわかりません。たぶん急ブレーキをかけて、向きを変え、できるだけ速く家へ向かってペダルをこぐべきでしょう。

でも、アレックは走りつづけました。

この計画は晩《ばん》ごはんのすぐあとに生まれました。平和な金曜日の夜でした。アレックの初めての週間成績表《せいせきひょう》は全部九か十だったので、来週は宿題の牢屋《ろうや》へ行かなくてもよくなりました。晩ごはんのあと、リビングで家族といっしょに映画《えいが》を見る気にもならなかったので、いつものように二階へ行き、ベッドにドサッと寝《ね》ころんで、本を読みはじめました。

ところが今夜は、ある会話が頭からはなれません。聞かなければよかったと思いました。でも、聞いてしまったのです。それどころか、わざわざ盗《ぬす》み聞《ぎ》きしたのです。

それはその日の昼間、放課後プログラムが始まったばかりのときのことです。アレックは体育館の入り口で、十月の発表会についてケースさんに再確認《さいかくにん》していました。少し心配になってきていたからです。ニーナには、全部ぼくがなんとかするなんていってしまいましたし、その約束は守りたかったのです。

アレックがやっと本気で発表会のことを考えるようになったと、ケースさんはほっとしていました。

「前にもいったけれど、校長先生から、学校公開日の最後、軽食タイムの直前に、放課後プログラムの発表をお願いされてるの。だから、始まるのは夜の八時すぎになると思うわ。生徒と親と先生で、四、五百人がこの体育館に集まるでしょう。校長先生は、余裕《よゆう》をもたせて五百五十人分の軽食を用意するんですって。大したイベントになるわ!」

ケースさんは、発表会は十月二十日だと念を押《お》し、こうもいいました。

「まだ一か月以上先だからよかったわ。でも基本的《きほんてき》な進め方は変わっていないので、ガイドブックの三十ページを読んでおいて。これ、わたしのだから、読み終わったらこのテーブルにもどしておいてちょうだい」

アレックは「いいえ、けっこうです」といいかけましたが、左のほうから、廊下《ろうか》を歩いてくるニーナの声が聞こえました。つづけてケントの声も。

アレックは、ケースさんのガイドブックに顔をうずめて読んでいるふりをしながら、会話に耳をそばだてました。

「うん、今夜バスケやりに行くけど、ニーナはいる?」ケントはいつものように、スマートにかっこよく話します。

「たぶんね」ニーナがいいました。「お兄ちゃん、今夜は何人か来るっていってたわ。試合をするみたい」

ケントの声は楽しそうでした。「じゃ、試合のあとで、おれと二人でシュート練習しようか。来年中学に入ったら、女子バスケチームに入れると思うよ」

「ほんと?」

ニーナはすごくうれしそうでした。ケントにもわかったのでしょう。

「ほんとさ! ニーナには才能《さいのう》がある。一生懸命《いっしょうけんめい》練習すれば、高校生になるころにはレギュラーメンバーになれるよ。来年が楽しみだな! 中学生になったら本格的《ほんかくてき》にスポーツが始まるだろ？　バスケ、サッカー、野球――ぜーんぶやりたい。わくわくするよ！」

ケントはいつのまにか、自分のことに話題をすり替《か》えていて、アレックはうんざり。でも、ニーナは気がつかないようです。

「それじゃ、今夜またね」と、ニーナ。

「うん。またあとで」

アレックの盗《ぬす》み聞《ぎ》きはここまででした。

金曜日の午後の残りの時間、テーブルでニーナのそばにすわりながら、アレックが考えていたことは、ニーナとケントのことばかりでした。月明かりのもとでバスケットをする二人。バカな想像《そうぞう》だとはわかっていますが、どうしても頭からはなれないのです。

〈なんなんだ？　今夜はただごろごろして、冒険《ぼうけん》物語なんか読んでていいのか？〉

晩《ばん》ごはんのあと、ベッドに寝《ね》そべってずっと考えていたアレックが、初めて自分自身に問いかけました。そのあとも、自分にたずねつづけました。

〈本の中で信じられないような活躍《かつやく》をするすばらしいヒーローは、名誉《めいよ》と栄光と愛国心と……愛のために戦うんだ。なら、ぼくはどうだ？　ケントが注目をあびているのに、ぼくはなんにもしないのか？〉

そしてとうとう、ある決意を固めたアレックは、ベッドからおり、玄関《げんかん》を出ました。

〈ケントが好きなときにいつでもニーナの家へ行けるんだったら、ぼくも行けるよな！〉

アレックが角を曲がってハーディ通りに入ると、バスケットボールがはずむ音と、若者《わかもの》たちの呼《よ》び合《あ》う声が聞こえてきました。三軒《げん》先の家に、明るい照明で照らされたバスケットコートがありました。

庭の手前まで来ると、車庫の屋根にバスケットのバックボードが取りつけられているのが見えました。車が二台入る車庫で、家の横の奥《おく》まった位置にあります。コートは広くてすてきでした。スリーポイントラインやフリースローラインが、アスファルトに描《えが》かれています。家の横には投光照明がずらりと取りつけられていて、明るい光を放っています。

若者が四人で、二対二のゲームをしています。ケントと組んでいる男の子は、ケントより少し背《せ》が高いですが、肩幅《かたはば》はせまく細身です。照明が顔に当たったときに、これはニーナのお兄さんのリッチーだと、アレックにはひと目でわかりました。ニーナの顔は覚えていますし、この男の子の目やあごがニーナとそっくりだからです。

あとの二人はスポーツマンじゃないなと、アレックはすぐに思いました。金髪《きんぱつ》の子のほうは黒いT《ティー》シャツにジーパンという服装《ふくそう》で、バスケットシューズもはいていません。でも、ゴールの近くからのシュートはとてもうまく、いつもゴール下で待っていて、ボールを力業《ちからわざ》でうばい取ると、くるっとまわって短いシュートを打つのです。

この金髪《きんぱつ》の子は、もう一人のチームメートを無視《むし》しています。もう一人のほうは少し背が低く、髪《かみ》が黒くて大きな顔をしています。パーカーのジッパーを上まで上げ、汗《あせ》だくになっています。ハーハーいいながら、「ボールをよこせ、こっちだ！」と叫《さけ》んでいます。そばかすだらけの顔はまっ赤です。

ケントは明らかにいちばん年下なのに、すっかりとけこんでいます。ボールをつかむたびにきびきび動き、すばらしいテクニックを見せています。ゴールへ向かってまっすぐドリブルしてシュート。またはサイドにいてリッチーに完璧《かんぺき》なパス。アレックはバスケットがそんなに好きというわけではありませんが、レブロン・ジェームズやステフィン・カリー（両者ともアメリカのプロバスケットボール選手）についての本を読んでいましたから、自分でプレーしなくても、バスケットについていろいろ知っていました。

アレックは庭の手前の歩道で自転車にまたがっていましたが、あたりは暗く、コートの照明も当たっていなかったので、照明の中にいるみんなからは見えませんでした。二、三分見ていると、金髪の子が相手のボールをたたいて、ボールは通りのほうへころがりました。ケントが追いかけてきて、アレックの自転車とぶつかりそうになりました。

「うわっ、すみません――見えなかった！」

まばたきしたケントは、そこにいるのがだれかわかりました。

ケントはにやーっと笑いました。ボールを拾い、自転車のハンドルをつかむと、照明の当たるところまで、三メートルくらい引っぱっていきました。アレックは自転車にまたがりながら、よろよろとついていくしかありません。

「おい、みんな、見てくれよ！　おれの友だち、本の虫アレックだよ。いつもはもう毛布《もうふ》にくるまって、おやすみのお話を読んでるころだろ？　でも今夜は、ママがお外で遊ぶのを許《ゆる》してくれたのかな？」

アレックはこんなひどいいい方をされて、びっくりしました。この数日はずいぶん打《う》ち解《と》けてきていたからです。でもすぐに、年上の友人たちに見栄《みえ》を張《は》りたいんだと気がつきました――それにしても、腹《はら》の虫《むし》がおさまりません。

アレックは自転車をおりました。すると、ケントが自転車を地面に放り投げました。思い切り強く。

アレックはこぶしをにぎりしめました。おなかに力を入れると、呼吸《こきゅう》が速くなりました。へルメットをはぎ取り、地面に落とします。口の中がいやな味になりました。自転車の後輪がゆっくりまわっています。アレックはタイヤにそって歩きながら、ケントと目を合わせました。今まで、本当のけんかなどしたことはありません。今の今まで。

アレックが一歩近づくと、ケントは笑うのをやめて、さっとあとずさりしました。ケントは一回だけ取っ組み合いのけんかをしたことがあって、これからどうなるかわかっていました。

アレックは、二人が奇妙《きみょう》な光に照らされているように感じました。ケントの顔はハロウィーンの仮面《かめん》のように輝《かがや》き、長い影《かげ》がのびて——。

「あら、アレック！　いたのね！　どうして来るっていわないのよ？　今来たの？」

ふりむくと、ニーナでした。ニーナは車のうしろのドアをバタンとしめ、にこにこしながらアレックのとなりに来ました。前の座席《ざせき》には、ニーナの両親がすわっています。

アレックはケントをさっとふり返りました。車のライトが消えると、ケントのまわりの奇妙な光も消えました。

リッチーがやってきていいました。「やあ、アレック。ニーナとクラブを始めたんだってね——よろしく」

「こちらこそ、よろしく」アレックはいいました。リッチーはやさしそうな笑顔《えがお》をしていて、アレックはすぐに好きになりました。

ニーナがいいました。「中に入らない？　それともバスケットをしに来たの？」

アレックはヘルメットを拾ってかぶり、自転車を立てました。

「ありがとう、だけど、ちょっと通りがかりによっただけなんだ。まっ暗にならないうちに帰らなくちゃ。また月曜日にね」

「うん。じゃ、月曜日に」

ニーナはがっかりしているみたいでしたが、アレックはとにかく立ち去りました。

道がほとんど見えなかったので、ゆっくりゆっくりペダルをこぎ、ブレーキをかけ、角を曲がりました。

家に着いて自転車を車庫に入れたとき、気がついたことがありました。

部屋で自問自答していたあのこと。名誉《めいよ》と栄光と愛のために戦いに行くと決意したこと……あれはフィクション以外のなにものでもなかったのです。自分がヒーローになる冒険《ぼうけん》物語を、頭の中で描《えが》いていただけでした。そしてそれを演《えん》じるために、自転車で出かけていったというわけです！

親には内緒《ないしょ》で出かけていったので、そーっと家に入り、ぬき足さし足で二階の部屋まで行きました。ドアをしめてベッドに飛びのり、今夜のヒーローごっこを思い返すことにしました。

アレックは横になり、両手を上げてながめました。こぶしをにぎると、ケントが自転車を地面に放り投げたときの気持ちを、まざまざと思いだしました。後輪がチ、チ、チ、と音を立てながら、ゆっくりまわっていたのも思いだします。タイヤにそって歩き、ケントと目を合わせたときの、足の感覚も思いだしました。

この場面は、細かいところまで全部、あざやかによみがえってきます。

ニーナの家までの旅は、最初はフィクションで、夢物語《ゆめものがたり》のようなものでした――が、アレックは実際《じっさい》に行動し、いくつもの場面を経験《けいけん》しました。自分自身が経験したこの時間は、フィクションではありません。

その金曜日の夜、アレックは本を読みませんでした。少なくとも三十分間は、本のことを考えもしませんでした。アレックにとっては、すごい長時間です。

静かにベッドに横たわりながら、アレックは自分の人生について考えていました。

ブランド名変更《へんこう》

同じ金曜日の夜九時になるころには、アレックは、ニーナがケントよりもぼくのことを好きになってほしいと願っていました。でも、ニーナがケントと付き合いたいと思えば、アレックにはどうすることもできません。

そこで、問題がもち上がったときにいつでもそうしてきたように、ほっとする本を探《さが》しに行きました。それからだいぶたってようやく眠《ねむ》りにつくと、船が難破《なんぱ》し、アレックは『スイスのロビンソン』をかかえて孤島《ことう》に上陸しました。

土曜日の朝、アレックは七時に目がさめました。いつもよりだいぶ早い時間です。もう一度寝《ね》ようとしたのですが、前の晩《ばん》のことを思いだしてしまいました。それに、ルークがもう起きていて、となりの部屋から、コンピューターゲームの爆発音《ばくはつおん》が小さく聞こえます。

こんどはコーヒーのかおりがしました。アレックはジーパンとＴ《ティー》シャツを着て、一階へおりました。父さんが日当たりのいいポーチで、ｉＰａｄ《アイパッド》でニュースを読んでいます。

父さんはアレックに笑いかけました。「早起きだな」

「うん、二度寝《にどね》できなかった」

「真夜中に電気がついていたが、本によだれをたらして寝てたぞ」

アレックは苦笑いしました。「電気消してくれてありがとう」

父さんはアレックを見つめました。「ゆうべはおそくまで起きていられなかったし、りさは寝坊《ねぼう》できなかった……いったいどうした？　学校の勉強はだいじょうぶなんだろう？　金曜日の成績表《せいせきひょう》は優秀《ゆうしゅう》だったたじゃないか」

「ありがとう。うん、勉強はだいじょうぶ。問題は放課後だよ。読書クラブやなんかのこと」

父さんはｉＰａｄのカバーをとじましたが、なにもいわずに待っていました。

アレックがいいました。「あのさ……父さんが子どもだったとき、いじめられたことある？」

「なぐられたり、ロッカーにとじこめられたり、男子トイレでさかさまにされて、便器に頭からつっこまれたりってことか？」

アレックは目をまんまるくしました。「そんなことがあったの？」

父さんはにっこりしました。「一度もない。父さんはコンピューターマニアだったけど、体は小さくなかったから、そんなことはされなかった。だが、みんなからオタクって呼《よ》ばれてたよ。そういうからかいも、いじめだ」そういうと、コーヒーをすすりました。「おまえ、放課後いじめにあっているのか？」

　アレックは首をふりました。「いや、父さんが今いった、からかいだね。ぼくは本の虫って呼《よ》ばれてる」

　父さんは顔をくもらせました。「おおかた、ケント・ブレアだろう？」

「そう。前と同じさ。実際《じっさい》ぼくは本の虫なんだけど。ほんとにね」

「まあ、父さんもまったくのコンピューターオタクだ。昔も今も、これからもな。そんなあだ名、気にするんじゃない」と、父さん。

「うん、だけど、今じゃオタクとかマニアってかっこいいじゃん。億万長者になれるかもしれないし。本の虫じゃ、億万長者になんかなれないよ」と、アレック。

「おいおい、ほとんどのオタクは億万長者になんかならないぞ。それに、お金の話じゃない。得意なことや好きなことをすればいい、ということなんだ。おまえは本が大好きなんだろう？ 読書が大好きなんだろう？」

「もちろん」

「それなら、くだらないあだ名なんか気にするな。好きなことをしていればいい――ただし、授業中《じゅぎょうちゅう》はだめだぞ」

アレックは「わかった」と、うなずきました。それから、しばらくだまっていました。

「あのさ……女の子って、本の虫みたいなやつ、好きじゃないよね。スポーツマンのほうが好きだよね」

「ああ」父さんはゆっくりいいました。「女の子か。そうだな……あまり参考にならないかもしれないが、女の子はとってもかしこいんだ。みんなそうさ。しばらく一つのものが好きでも、もっと好きなのが見つかると、今まではそんなに好きじゃないかも、と思うんだな。それに、レッテルは重要ではないと知っている。〈本の虫〉とか〈スポーツマン〉とか、そういうのもレッテルだ。結局、大事なのは、その人がなにをしているかではなく、どういう人なのか、その人の中身が大事だと、女の子はわかっているんだ」

アレックはちょっとほほえみましたが、すぐに首をふりました。「いいたいことはわかるけど、やっぱり女の子は本の虫は好きじゃない」

「それなら」父さんはいいました。「本の虫はやめて、なにかほかのものになったらいい。それに、おまえはスポーツマンでもあるじゃないか。水上スキーができる十二歳《さい》なんて、聞いたことないぞ！」

確《たし》かにそうかもしれません。

アレックが最初に水上スキーを習ったのは、二年生が終わった夏休みで、八歳《さい》になったばかりのときでした。おじいちゃんとおばあちゃんが、ニューハンプシャー州の湖に山小屋をもっていて、近所にアレックと同い年のポールという男の子がいました。その家族は大馬力のモーターボートをもっていて、雨がふっていなければ、毎日午後には一家で水上スキーをしていました。アレックもいつもついていきました。

アレックは水上スキーに関して、生まれついての才能《さいのう》があることがわかりました。バランス感覚にすぐれ、力強く敏捷性《びんしょうせい》があり、なにより大事なことに、落ちてもこわがらなかったのです。ポールのお兄さんのリアムは、スラローム（回転）競技《きょうぎ》が得意でした。アレックは初めて習ったときから、スラロームが目標になりました。リアムみたいに、一枚板《いちまいいた》のスキーで、ボートが立てる波をつっ切って、右や左にすべりたい。するどくターンするたびに、大きな羽のような水しぶきを巻《ま》き上《あ》げたい。

リアムから上手に教えてもらったおかげで、水上スキー二年めの終わりには、アレックは一枚板の上に立ち上がり、姿勢《しせい》をキープできるようになりました。六年生になる直前の夏には、もうすっかりコントロールできるなと感じはじめていました。モーターボートの立てる波を上り坂のように使って、いきおいよく、空中に一メートルほど飛び上がることができるようになりました。ボートにはつねに三、四人の人がいますが、アレックがいるのはロープのいちばんはし。湖面を切って走るアレックは、完全に一人なのです。まだ落ちてしまうことはありますが、そうたびたびではありません。あのスピード感、自由さ、自分でコントロールできる感覚は、なにものにもかえがたいものです。

水上スキーを始めてから、アレックは体力がつきました。スラロームを十分するのは、はげしい運動を一時間半するのと同じです。午前中は本を読み、午後は水上スキー、夜はまた読書――ニューハンプシャーでの三週間は、アレックにとって理想的な夏休みでした。

でも、水上スキーのスラロームが得意だからって、なんだというのでしょう？　野球やバスケットやサッカーが得意なのと、同じではありません。水上スキーはほぼ自分一人でするもの……読書に似《に》ています。それにどんなに得意でも、学校ではなんの役にも立ちません。

女の子との付き合いにとっても。

なにかほかのものになったらいいという案と、スポーツマンだとアピールしたらいいという案、どちらもアレックは気に入らないようだと、父さんにはわかりました。

「よし、わかった」父さんはいいました。「父さんの話をしよう。十年ほど前、父さんはコンピューターのハードディスクドライブを作る会社で働いていた。大会社ではないがとても信頼《しんらい》されていて、どんどん製品《せいひん》を売っていたんだ。ところが、部品に不具合が発生して、それに気がつかず、五万台ものドライブに取りつけて、世界中に輸出《ゆしゅつ》してしまった。すると、ドライブが故障《こしょう》しはじめ、お客さんのデータが消えてしまい、またたくまに会社の信用は失われた。すぐに問題を修正《しゅうせい》して、以前のようにすぐれたドライブを作ったけれど、この会社の製品はだめだと、だれも買おうとしなかった。会社のブランドがそこなわれたんだ」

「それで、どうなったの？」アレックは聞きました。

「うん、会社はつぶれかけた……だが、それも半年くらいだ。まず、品質管理《ひんしつかんり》を見直して、部品の不具合を決して見のがさないようにした。それから、製品の箱のデザインを変えた。そして、またお客さんに買ってもらえるように、いい条件《じょうけん》の取引を提案《ていあん》した……さらに、会社の名前を変えたんだ。自分たちのブランド名を、自分たちで変えたんだよ。新しいロゴも作った」

アレックはわけがわからなくなりました。「だけど、本の虫はやめてほかのものになればいいって、父さんいったじゃない」

「そうだ、つまりこういうことさ、自分自身はそのままでいい。やりたいことはやればいい。だがブランド名を変えるんだ。同じことをする同じ人間なんだけど、別の名前をつけるんだよ」

「わかったけど……」アレックは口ごもりました。「たとえばどんな?」

父さんは肩《かた》をすくめました。「さあな。だが、本の虫なんて、単なることばにすぎないじゃないか。本の虫、スポーツマン、バカ、天才——こんなレッテルはみんな、ただのことばだ。

本の虫というと、虫の絵が頭にうかぶからいやなんだろう? だったら別のことばを選べばいい。おまえが気に入るような別の絵がうかぶものを」

「父さんの会社は、前はどんな名前だったの?」アレックがたずねました。

「イースタン・データ」

「新しい名前は?」

父さんはiPadのカバーをあけて、画面をタップし、アレックに見せました。「これが新しい名前とロゴだ」

アレックは声に出して名前を読みました。

「ブロックハウス・デジタル……イースタン・データよりずっといいね。それにこのロゴの絵! 『宝島《たからじま》』にもこんな砦《とりで》が出てくるよ!」アレックは少し考えてからいいました。「それじゃ、ハードディスクドライブは、同じものだったの?」

「そう」父さんはいいました。「中身はそっくりそのままだった。ただ、ブランド名を変えるっていうのはむずかしいことだから、タイミングを見計らわなくちゃいけない。それでも、いいタイミングで新しい名前とすてきなロゴを出せば、いい結果になるよ。とにかくよく考えなさい。それから、女の子のことだけど、さっきもいったとおり、女の子はかしこい。おまえがずっといいやつでいれば、いずれ女の子もわかってくれるさ」

父さんのことばは、アレックの耳に心地《ここち》よくひびきましたし、大部分は意味がわかりましたが……が、それでもまだすっきりしませんでした。朝ごはんを食べてしまうと、アレックは『スイスのロビンソン』にもどり、はるかかなたの島の木の上の家へ飛んでいきました。

ようこそ、オーストラリアへ

週末のあいだ、アレックはほっとする本の中にとじこもっていました。『スイスのロビンソン』を読んでしまって島からはなれると、こんどは『野性《やせい》の呼《よ》び声《ごえ》』を読んで、凍《こお》りついたカナダのクロンダイク地方で生き残るため闘《たたか》いました。この二冊《さつ》で土曜日はもちました。日曜日の大部分は、『ハンガー・ゲーム』を読んで、またサバイバル気分にひたってすごしました。日曜日の夜には、『ひとりぼっちの不時着《ふじちゃく》』を四章まで読んで、たった一人、どこだかわからない森林地帯の湖のほとりでキャンプをしていました。

こういったお気に入りの本が魔法《まほう》の力を発揮《はっき》して、まる二日間、アレックは心配したり疑問《ぎもん》に思ったり、これからどうなるか思《おも》い描《えが》いたり、計画したりしなくてすんだのです。

けれども、月曜の朝、学校が始まると、本を読むのはやめなければなりませんし、現実《げんじつ》の人たちと、また向き合わなければなりません。こっちも思うところがあり、むこうにもいろいろな思いがあるのです。

ケントはどうでしょう？　一時間めの図工でいっしょですが、なんだか冷たくあざけるような態度《たいど》で、無視《むし》できません。

ニーナは？　三時間めの国語で、手をふってほほえんでくれました。でも、アレックの頭は、どうせ土曜日にケントはニーナの家に行って、二人でバスケットを練習したにちがいない……月明かりの下でね、ということでいっぱいでした。それに、あんな役立たずな本のウジ虫と同じクラブになんかいないほうがいいよ、なんていっているかもしれない……ニーナはスポーツ班《はん》に替《か》わって、スーパーガールになりたいんじゃないかな？　あの二人が組めば、世界を支配《しはい》できるから！

〈ああ、ぼくはほんとにバカだ！　なんでわからないんだ？　ぼくはこのバカな自分のことだけ、心配していればいいんだよ。ケントはケント、ニーナはニーナ、ぼくはぼく――そういうことさ！　ぼくは自分のくだらないことだけやってればいいんだ！〉

こうやって自分を責《せ》めていたことは、あとから役に立ちました。昼休みにケントがニーナのテーブルに行って声をかけたのを見ても、気にならなかったからです。放課後、体育館で、またニーナがケントからキックベースを習っているのを見たときにも、アレックはただ肩《かた》をすくめて、自分のテーブルへ行っただけでした。よけいな場面や会話を空想することはありません。ケントのことはどうしても考えてしまいますが、フィクションではなく、現実《げんじつ》の人間としてです。

あいつはいじわるで見栄《みえ》っ張《ぱ》り――自分で、スポーツ万能《ばんのう》の王者だと思ってる。だけど、ニーナみたいなかしこい子がちょっとでも気に入ってるとしたら？　ニーナがうまくなるように、親切にがまんづよくスポーツを教えてやってるのかな？　そう考えると、ケントもそれほどくさったいやなやつってわけでもないか――アレックは父さんからレッテルの話を聞いても、〈くさったいやなやつ〉ということばは、ケントにはまだましなほうだと思うのでした。

アレックはこんなふうに、半ばちゃかしながら、半ば寛容《かんよう》に、半ば友好的に考えながらクラブのテーブルについていました。

もうケントのことを考えるのはやめようと、アレックはリリーにほほえみかけ、『ひとりぼっちの不時着』を開きました。ほんの数ページ読むと、学校の長い一日が消え去り、クラブのテーブルも消えて、ついにいろいろなドラマをかかえた体育館も、どこかへ消えてしまいました。

五分後、テーブルがドンという音を立てたので、アレックはニーナかと思い、顔を上げました。そこにいたのは、知らない男の子でした。

男の子がいいます。「ここ、負《ま》け組《ぐみ》クラブ？　名札にそう書いてあるけど」

アレックはうなずきました。「そうだよ」

「じゃ、ぼくここに入るから」

アレックは本をとじました。「どうして入りたいんだい?」

「いや、ほんとは入りたくないんだけど……」

アレックはじろじろ見ました。「じゃ、なんでここにいるんだよ?」

「ケントが。入れって」

「なんだって?」

「金曜日に、ケントがチームに入れてくれたんだけど、試合中二回もフライを落っことしちゃってさ、おまえは二週間、負け組クラブに入ってこいっていわれたんだ。そしたらまたチームに入れてやるかもって。もどってきたら」

アレックは怒《いか》りで口がきけませんでした。ケントはこの男の子を、罰として、アレックのクラブに送りこんだのです。まるで大昔、イギリスが犯罪者《はんざいしゃ》をオーストラリアへ送ったように!

数分前の落ちついた寛大《かんだい》な思いは、こなごなにくだけちり、ケントはたちまち、〈アレックの大きらいなもののランキング〉のトップに返《かえ》り咲《ざ》きました。

男の子はそわそわしていいました。「あと……あと、こんなこともいわれたよ。ぼくがここにいるあいだ、よく見ていてほしいって、ケントのガ、ー、ル、フ、レ、ン、ド、のことを」

そのことばを口にするとき、男の子はためらっていました。リリーが聞いていたからです。

男の子の顔はまっ赤になりました。

アレックは男の子をにらみつけ、怒《いか》りをあらわにしていいました。

「ここはしゃべったり、ふざけたりは禁止《きんし》。ゲームをしたり、音楽を聴《き》いたりも禁止。ケントが無理やり、きみが来たくもないところへよこすなんて、ありえないよ。このテーブルは本を読む人だけ。わかったらあっちへもどって、ケントに――」

「本を読むのはわかってるよ」男の子がさえぎりました。「ケントがそういってたもん。それのせいもあるんだけどね。ぼく、打順じゃないときは、いつもすわって本を読んでて、ケントに注意されてた。〈負け組本の虫〉っていわれてさ。それで、試合でミスしちゃって、ここに参上っていうわけ！」男の子は無理に笑いました。「ジェイソンっていうんだ」

アレックは笑いませんでした。

男の子がニーナの席にすわりかけたので、アレックは「そこはだめ」と、ぴしゃりといいました。心の中では、彼女《かのじょ》がキックベースのラブラブキャンプからもどってくるんだから！　といっていました。

ジェイソンはあわてて、アレックと同じがわにやってきましたが、できるだけはなれてすわりました。

アレックはまゆをひそめて侵入者《しんにゅうしゃ》をじろじろ見ました。「五年生か?」

ジェイソンは首をふりました。「四年生」

四年生にしては、大きな体です。

アレックは顔をしかめ、つっけんどんな態度《たいど》でいいました。「さっきいったとおり、本を読む以外は一切禁止《いっさいきんし》。それがこのクラブの規則《きそく》だ」

ジェイソンはうなずいていいました。「うん……わかった」

ジェイソンはリュックから本を取り出すと、背中《せなか》をのばし、真剣《しんけん》な表情《ひょうじょう》でまっすぐ本をもちました。

アレックは本の題名を見たくなりました。自分は四年生のころ、なにを読んでいたっけなあ? そして、もう少しでこういいそうになりました。

「『きいてほしいの、あたしのこと——ウィン・ディキシーのいた夏《なつ》』は読んだことある?」

でもいいませんでした。クラブの規則は、だれでも参加していいことになっているのですが、かといって、この子に親切にしてやる必要はないのです。

そこで、アレックはまた『ひとりぼっちの不時着』を開きました。

何回読んでもわくわくしますし、ブライアンはやっぱり勇敢《ゆうかん》で頭がいいし、がんばり屋だし、つぎからつぎへと困難《こんなん》に立ち向かいます。

ところが、さっきから現実《げんじつ》の世界がアレックのじゃまをして、物語に入りこめません。ちらっと目を上げると、リリーもこっちを見ていました。ちょっと困《こま》ったような、でも興味《きょうみ》津々《しんしん》といった顔です。

アレックは頭にきて、リリーのことはかまわず読みつづけました。少なくとも読もうとしました。でも、新しい子がうるさいんです！　体の向きを変えたり、ページをめくったり、あごをかいたり、鉛筆《えんぴつ》を出したりするたびに、アレックは気になりました。

すると、こんどはポテトチップスを食べはじめました。袋《ふくろ》をがさがさ、もぐもぐ、バリバリ、ちょっとした地震《じしん》のようです。心の中で文句《もんく》をたらたらいっていたアレックは、ついにジェイソンに大声を上げそうになりましたが、そのとき、ニーナがあらわれました。

ニーナは男の子を見て、アレックにいいました。「この子、だれ？」

アレックは本から目をはなさずにいいました。「また負け組さ――四年生で、ケントにここに入れっていわれんだって」

ニーナは首をかしげて、アレックをじっと見ていました。なにかいおうとしたのですが、新人のほうへ向きました。「こんにちは——あたし、ニーナ」

男の子はアレックをちらっと見てから、ニーナに向かってささやきました。「ぼくは、ジェイソン」

ニーナはジェイソンの本を見るとにっこりしました。「これ、あたしも大好き。すごく愉快《ゆかい》よね？」

なんだろう？　と、アレックはさっと見ました。ジェイソンの本は、『ピーターとファッジのどたばた日記《にっき》』でした。

ジェイソンはうなずいて、まだ小声でいいました。「とってもおもしろいけど、いつもはもっと動きのあるものを読むよ。ぼくの生活と全然ちがう話がいいんだ。たとえば、『魔法《まほう》の泉《いずみ》への道《みち》』は読んだ？」

「ええ！　あの砂漠《さばく》を歩くところ、すごく夢中《むちゅう》になったわ！」

「うん。あとワニはどうだった？　ぼく——」

「ちょっと！」アレックがいいました。「ここで本、読んでるんだぞ！」

アレックは、ニーナとジェイソンが話している本を読んでいなかったので、いらいらしていました。

「あ、ごめん！」ジェイソンはまた本にもどりました。

アレックもまた読みはじめました……が、目のはしで、ニーナがじっとこっちを見ているのを感じていました。

本に集中しながらも、アレックは心の準備《じゅんび》をしていました。ニーナがなにかいってきそうだからです。

けれど、ニーナはなにもいいませんでした。

ニーナが自分の本を取り出したとき、アレックはほっとしたのか、がっかりしたのか、よくわかりませんでした。

心のどこかでは、本をとじて、ニーナをわきへつれていき、話をしたい気持ちがありました。

でもそのかわり、アレックは森でひとりぼっちになって、生き残りに必死になる少年の本を、どんどん読みつづけていました。少年の気持ちは、今のアレックの気持ちそのものでした。

深みにはまる

「お兄ちゃん、電話」

アレックは聞いていません。放課後プログラムから帰る車の中で、『ひとりぼっちの不時着《ふじちゃく》』を読み終えたアレックは、晩《ばん》ごはんのあと算数の宿題をすませると、アメリカ独立戦争《どくりつせんそう》の歴史小説を読みはじめていました。ですから今は、昔のボストンで、イギリス兵と戦っているところです。ふたたび。ふたたび。

ふたたび、弟の声がしました。ずっと大きい声です。

「お兄ちゃん！　電話に出て！　家の電話だよ！」

「あ、ごめん！」

アレックは急いで廊下《ろうか》へ出て、階段《かいだん》の上におかれたテーブルから電話の子機《こき》を取り、部屋へもって入りました。

「もしもし？」

「ねえ、あれで満足なの？」

ニーナでした。怒《おこ》ってとげとげした声です。

「満足？　なんの話――」

ニーナは最後までいわせませんでした。「今日、クラブの、テーブルで」ひとことひとこと、かみつくようです。「あの子に不愉快《ふゆかい》な思いをさせたわね。どうしてあんなことをしたの？」

「え、いや、ぼくは――」

ニーナがまたさえぎりました。「アレックが帰ったあと、あの子と話をしたのよ。すごくいい子だったわ。アレックにだって、すぐわかったはずよ。それなのに、『ここはぼくのテーブルだ、みんな静かにまじめにしていろ、おまえはまぬけな四年生なんだから、だまってろ、ぼくにかまうな！』まさにこんな感じだったわよ。まったく見苦しかった！」

ニーナが一瞬《いっしゅん》ことばを切ったので、アレックはいいました。「あのさ……」

「なんなの？」ニーナはかみつきます。「いいわけする気？　エーンエーンって泣く？　今日はなんて日だって、ぐずぐずいいながら？」

アレックはブチ切れてどなりました。

「いいかげんにしてくれよ、なにをさっきからバカみたいにギャーギャーわめいてるんだよ？

自分でもなにいってるんだか、わかってないんだろ！」

ニーナがいい返します。「ケントがジェイソンをこっちによこしたから、ああいういやみをいったってわけ？　なにあれ？　トホホってこと？　そうなの？」

アレックの手は汗《あせ》ばんでもいませんし、おどおどしてもいません。全然女の子と話しているような気がしません――頭の中が怒《いか》りでいっぱいです。

「一瞬《いっしゅん》でもだまったら、話してやるよ！」アレックはいいました。

「じゃ、そうして！」ニーナはいやみったらしくつけ加えました。「どーぞ」

そこでアレックはいいました。

「金曜日に、ジェイソンはキックベースで凡《ぼん》ミスして、ケントに追い出されたんだ。負《ま》け組《ぐみ》クラブに二週間行ってこいって、罰《ばつ》として！　おまけに、負け組クラブにいるあいだ、やつのガールフレンドのことをよく見ているようにいったんだとさ」

アレックはごくりとつばを飲みこんで、つづけました。

「それから先週、ケントがニーナのことをプリンセス戦士だっていったろ？　ほんとは水曜日の朝、ぼくがニーナのことをそういったんだ。そしたら水曜日の午後に、あいつはまるで自分が考えたことばみたいに、ニーナにいったってわけさ！」

しばらく沈黙《ちんもく》が流れました。電話の機械音だけが聞こえます。

アレックは少し落ちついていいました。

「だから、今日はなんて日だって思ったよ。だけど、やっぱりニーナのいうとおり、ジェイソンにあんな態度《たいど》を取るべきじゃなかった。ジェイソンに……あやまるよ」

ニーナはいいました。

「あたしがあやまったわ——アレックのかわりに。本当はとってもやさしくて、頭がよくて、おもしろい人だって。これにはきっとわけがあるはずだって……やっぱりあったのね」ニーナはしばらく口をつぐんでから、いいました。「ギャーギャーいって、ごめんなさい」

アレックの手が汗《あせ》ばんできました。「ああ、いいんだ」

少し間があって、ニーナがいいました。「ジェイソンがこんなこともいってたの」

「なに？」

「ケントが、チームにもどってきてくれってたのんでも、もどるつもりはないって。本を読むのがなによりも好きなんですって——たとえ、不機嫌《ふきげん》な先輩《せんぱい》に文句《もんく》をいわれてもね」

二人ともアハハ……と笑いました。ニーナがいいました。

「でも、これは本当よ——ジェイソンはこのクラブに入るの。ケントに年中いばられているより、アレックといっしょにいたほうがずっといいって、わかると思うわ。だれだってそう思うでしょ……あたしだって」

アレックはごくりとのどを鳴らしました。「ちょっと、なんだって？」

ニーナの声は笑っているようでした。「聞こえたくせに。あたしはバカじゃないし、なにがどうなってるかくらい、わかるわ」

「ほんと？」

「もちろん」

アレックは顔をしかめましたが、この顔をニーナに見られなくてよかったと思いました。

「ちょっと」アレックはまたいいました。「なんのことといってるの？」

「簡単《かんたん》なことよ」と、ニーナ。「あたしがケントと仲よくしたら、アレックはいやなんでしょっていうこと。それに、アレックとあたしが親しいから、ケントはやきもちをやいて、あの子をこのクラブによこしたのよ。あたしたちがどんな話をしてるのか、見張《みは》らせるために」

アレックは、ふーっと鼻から息をはきました。「ケントが？　ぼくにやきもち？　まさか！」

ニーナは落ちつきはらっていいました。「わかったことをいってるの」

アレックの頭はまだ混乱中《こんらんちゅう》です。「つまり、ニーナはまだあのテーブルで、本を読みたいっていうこと？」

「ちょっとちがうわ」と、ニーナ。「あたしはまだあそこで、ア、レッ、ク、と、いっ、しょ、に、本を読みたいっていってるの」

「うわあ」

いくらにぶいアレックでも、もう理解《りかい》できました。すると、また疑問《ぎもん》がうかびます。

「でもさ、なんでケントとよくいっしょにいるの？」

ニーナはいいました。「それは、あたしもスポーツが好きだし、午後の時間割《じかんわ》りは算数と理科だから、クラブですわって本を読む前に、ちょっと走りたいからよ。でも、その……ケントがあたしのことを気にしはじめてからは、すぐに、ほかの女の子たちといっしょにいるようにしてたの。それも楽しかった。だけど、その女の子たち、ケントがどういう子かわかってるのに、気を引かれるといやがらないの。まんざらでもないみたい」

「へえ、そう」アレックはニーナのいっていることがわかったように、いいました。

でも、じつは――ほとんど理解できません。まるで、大きなプールのいちばん深いところで、いきなり泳いでいる気分でした。それがプールかどうかもわからないのです。アレックにはお手上げでした。けれど、ニーナはちがいます。水の中でリラックスし、アレックのまわりを大きな円を描《えが》いて泳いでいます。

「とにかく」ニーナはいいました。「さっきもいったけど、大きな声を出してごめんね。話せてよかったわ。じゃ、またあした」

「うん……また、あした――じゃあね」

「バイバイ」

アレックは切ボタンを押《お》しました。

それから一分近く、電話を見つめながら、だまってすわっていました。

頭の中がぐるぐるまわっていますが、でたらめにではありません。アレックは頭の中の図書館で、今までに読んだ本をパラパラめくり、覚えているかぎりのあらすじや登場人物を洗《あら》い出《だ》しているのです。この状況《じょうきょう》に似《に》た物語はないか、女の子のいったことにめんくらっている男の子が出てくる場面はないか、自分に似ている登場人物はいないか。

すると、頭がパタッと止まりました。

〈今のこの状況、これ、『盗まれた雷撃《ライトニングボルト》』のパーシーとアナベスに似てないか？　シリーズのほかの本にも？〉

そう考えたアレックは、頭をふってほほえみました。わからないことは山ほどあるけれど、本の中ではいつもハッピーエンド、これは確《たし》かです。現実《げんじつ》の生活ではそうはいきません。少なくとも、アレックの生活では……まあ、とにかく今のところは。

けれど、そう考えるのもやめました。今のところは、あした学校で、とんでもないまぬけに見えないくらいに理解していれば十分です。たいへんな火曜日になることでしょう。

アレックには助けが必要です。

すると、一分後、本当に助けがやってきました。まるで物語の展開《てんかい》のように。

一分後

「ルーク、本気でいってるんだ！　おまえには関係ない——出ていけ！」

ルークはアレックを押《お》しのけて、ベッドのはしに腰《こし》かけると、腕組《うでぐ》みしました。とても冷静で、一歩もゆずらないといった顔です。

「ぼく、こっちの電話を切る前に、女の子が大声で怒《おこ》ってるの聞いちゃったんだ。なんていってるのかも、ちょっと聞こえた。弟なんだから、お兄ちゃんを助けたいんだ」

「出ていけよ！」

「いやだ」

ルークはじっとすわったまま、大きな青い目でアレックを見つめています。

アレックはうめくと、部屋のドアをしめました。

「あのな、これはややこしいことなんだよ。助けてくれたいっていうのはありがたいけど、ルークにはなんにもわからないさ」

ルークはじっと見つめたまま、スター・ウォーズに出てくるヨーダの声でいいました。

「心配しておる、おまえはな」

「図星です――うるさい、出てけ！」

「ごめん、ごめん」ルークはすぐにいいました。「もういわない、約束」そして、ひと呼吸《こきゅう》おいてから、「あの女の子、怒《おこ》ってたね――どうして？」と聞きました。

「読書クラブに来た子に、いじわるいっちゃったからさ」

「負《ま》け組《ぐみ》クラブに？」と、ルーク。

「そう……ちょっと待て――どうしてその名前知ってるんだ？」

ルークはアレックを見つめました。「学校じゅうが知ってるよ、負け組クラブのこと。一度聞いたら忘《わす》れられないじゃん。乱暴《らんぼう》な子がしょっちゅうぼくのこと、『おい、負けチビ』っていってくるんだ。お兄ちゃんは〈負けデカ〉ってことだね」

「え……ほんとかよ」アレックはいいました。「ぼくのせいでからかわれてるのか。悪い」

ルークは肩《かた》をすくめました。「ネアンデルタール人みたいな子たちだもん、無視《むし》すればいいんだよ」ルークは体を動かしながらいいました。「で、お兄ちゃんがその子にいじわるいった。そしたらどうなったの？」

「そしたら、女の子が――」

ルークがわりこみました。「女の子って、お兄ちゃんの好きな——ニーナのこと?」

「なに?」アレックは弟をまじまじと見つめました。だんだんヨーダに見えてきました。

アレックは急に恐《おそ》ろしくなってきました。こんなおかしな三年生の弟まで、アレックがニーナのことを好きだと知っているなんて……ケントだって気づいているし……ニーナ本人も気づいてる——ということは、みんなが知っているということでしょうか?

アレックは用心深く口を開きました。「あのさ、母さん、ニーナのこと知ってると思う?」

ルークはうなずきました。「うん、ぼく母さんとしゃべったよ。びっくりしてたけど、ふつうのことよっていってた」

アレックはよろよろとベッドのほうへ来て、ルークのとなりに腰《こし》かけました。そして、ひざにひじをついて、両手で顔をおおいました。「最悪だ!」

ルークは首をかしげました。「お兄ちゃんの気持ちが? それとも、みんなが知ってるってことが?」

「両方だよ」アレックのうめき声は、両手の中でくぐもっています。

「そんなの、最悪なんかじゃないじゃん」と、ルーク。

アレックは横目でルークを見て、鼻で笑いました。「ああ、そうですか。それなら、ヨーダさま、もっと悪いことってあるんですか？」

ルークはすぐにヨーダになりきりました。「簡単《かんたん》じゃ、若者《わかもの》よ。いちばん悪いことは、彼女《かのじょ》がおまえを好きではないことじゃ。しかし、電話をしてきたのじゃから、好きということじゃ」

アレックの顔がほころびました。三つの理由からです。

第一に、ルークの青いどんぐりまなこが、異常《いじょう》にヨーダにそっくりだったから。

第二に、しゃべり方が完璧《かんぺき》なものまねだったから。

第三に、このおかしな弟のいうとおりだからです。アレックのことをなんとも思っていなかったら、ニーナは電話もしてこないでしょうし、怒《おこ》ったりもしないでしょう。

ルークはいきなり立ち上がりました。「元気になったみたいだね。ぼく、やることあるから」

アレックはまだほほえんでいました。「サンキュー」

ルークはヨーダのように、ゆっくりとまばたきしながらうなずきました。「がんばるのじゃぞ」

スピッツとバック

火曜日の朝、アレックが一時間めの音楽の教室へ入っていこうとすると、ケントに腕《うで》をつかまれ、楽器キャビネットのかげに引っぱっていかれました。

ケントがいいました。

「プリンセス戦士ってことばはおまえが考えたって、なんでニーナにいったんだ？」

ルークがネアンデルタール人といっていたのが頭をよぎります。こんなことを聞くなんて、ケントはまったくの石器時代人です。アレックはいいました。

「ほんとのことだろ。知らなきゃ教えてやるよ、ほかの人のアイデアを横取りして、自分が考えたようにふるまうことは、この二十一世紀では、泥棒っていうんだ」

ネアンデルタール人にはユーモアのセンスがないことを、ルークはアレックに教えていませんでした。それに、背《せ》が高くて筋肉《きんにく》がついているということも。

アレックは突然《とつぜん》、ルークがなにをいったか思いだしました。ネアンデルタール人の目をのぞきこんで泥棒《どろぼう》よばわりすることは、無視《むし》することと同じではないのです。

ケントは歯をむき出して顔を近づけてきました。まだアレックの腕《うで》をつかみながら、ケントはどなりました。

「たった今から、ニーナのことは考えるな。話もするな。目も合わせるな。あのくだらないクラブのテーブルで向かい合っててもだ。わかったか、負け組野郎《まけぐみやろう》め」

歯をむき出しているケントの顔を見て、アレックはすぐに、『野性《やせい》の呼《よ》び声《ごえ》』に出てくる、オオカミとハスキーの血の混《ま》じったそり犬スピッツを思いだしました。物語の中で、スピッツはもう一頭の大型犬バックと闘《たたか》い、雪の上に血が飛び散るのです。

でも、ここは一八九〇年代のクロンダイク地方ではありません。火曜日の朝の音楽室です。

アレックはぐいっと腕を引《ひ》き抜《ぬ》くと、どなるかわりに冷静にいいました。

「ぼくはおまえの家来じゃない――ニーナだってそうだ！」

ケントがにらみつけました。けれど、これがげんこつに変わる寸前《すんぜん》、ダンブリッジ先生が手をたたいて、教室を静まらせました。

「はい、みなさん、移動《いどう》して！　ソプラノとアルトは左、テノールとバリトンは右へ行きなさい。早くして！」

アレックはとても歌なんか歌う気分ではありませんでしたが、ともかくいわれたように段《だん》にのぼりました。アレックはテノールでケントはバリトンなので、はなれていて助かりました。

五十五分間歌を歌ったことも、助けになりました。

授業《じゅぎょう》が終わるころには、ケントの腕《うで》をふりほどいて、いじめに立ち向かったことを考えると、アレックはだいぶ気分がよくなりました。

それでも、算数の教室へ向かおうと音楽室を出るとき、アレックは廊下《ろうか》をのぞいてチェックしました。

音楽室のすぐ外にケントが立っていて、アレックをまっすぐに見ています。その顔は？

まだオオカミ犬のスピッツでした。

CHAPTER 25

展《てん》開《かい》する場面

火曜日の放課後、アレックがクラブのテーブルへ行くと、リリーと、新しく来たジェイソンがもうすわっていました。ニーナは体育館のむこうで、ケントとしゃべっています――が、ゆうべの電話のことがあったので、アレックはまったく気にしませんでした。

ジェイソンは本に目をこらして、熱心に読んでいます。ジェイソンのおびえたような表情《ひょうじょう》を見て、アレックはなんてバカなことをしたんだろうと恥《は》ずかしくなりました。だって、きのうジェイソンがここへ来たのは、ジェイソンのせいではないからです。ケントが体育館のむこうから投げた、怒《いか》りの手榴弾《しゅりゅうだん》にすぎなかったのです。アレックはまんまとその手榴弾をつかみ、自爆《じばく》してしまったのです。

「なあ……ジェイソン？」アレックはできるかぎり親しみやすい声でいいました。

ジェイソンは、アレックに飛びかかられるんじゃないか、という顔をしました。

「きのうはひどい態度《たいど》を取ってごめん」アレックはいいました。「だれにいわれたとか、どうして来たのかとか、そんなのどうでもいいんだ。来てくれてうれしいよ」

ジェイソンは用心深くほほえんで、ささやきました。「う、うん――ぼくも」

アレックもにっこりしました。「大きい声で話していいんだぞ」

ジェイソンがまだ居心地《いごこち》が悪そうなので、アレックはきのう聞きたかった質問《しつもん》をしました。

「四年生っていってたけどさ、『きいてほしいの、あたしのこと――ウィン・ディキシーのいた夏《なつ》』は読んだ？」

ジェイソンの顔は、パッと明るくなりました。「うん、あの本大好きだよ！」

「『クラスで1番！　ビッグネート』のシリーズは？」

ジェイソンはうなずきました。「うん、ほとんど読んだ。すっごくおもしろいね！」

それからしばらく、二人は好きな本のことを話しました。くり返し読んでいる本や、二度と読み返したくない本のことも。アレックは『魔法《まほう》の泉《いずみ》への道《みち》』のことを思いだして、貸《か》してほしいとたのみました。

二人の本の好みはずいぶん似《に》ていることがわかりました。とくにアクションや冒険《ぼうけん》ものが好きなのです。ジェイソンはアレックと同じく、『野性《やせい》の呼《よ》び声《ごえ》』に夢中《むちゅう》でした。おまけに、アレックが聞いたこともない『その時《とき》ぼくはパールハーバーにいた』という本の話もしました。

アレックは読んでみたくてたまらなくなりました。

「きのうもってた『ひとりぼっちの不時着《ふじちゃく》』っていう本さ、学校でよく見かけるけど、まだ読んでないんだ。おもしろい?」ジェイソンが聞きました。

「おもしろいかって? 大傑作《だいけっさく》だよ、ほんと、絶対《ぜったい》読んで! じつは……ほら」アレックはリュックからその本を取り出すと、テーブルにすべらせました。「今すぐ読むべきだよ」

ジェイソンはびっくりです。「ほんとに? 今すぐ?」

「そう」アレックはにっこりしました。「このクラブに入る儀式《ぎしき》さ。もしおもしろくなかったら、アイスクリームサンドをおごってやるよ」

「すごい!」ジェイソンはにこにこして、本を開きました。

リリーは自分の本に集中するようにしていましたが、このとき、ジェイソンに向かっていいました。「ね? いい人だったでしょ!」

リリーは満足そうにアレックに目をやると、また本にもどりました。

アレックがキックベースのコーナーをちらっと見ると、ニーナはまだケントといっしょにいましたが、なんだか雰囲気《ふんいき》がよくありません。顔をつき合わせて、ピリピリしています。すると、ニーナはケントにくるりと背中《せなか》を向け、すたすたと負《ま》け組《ぐみ》クラブのほうへやってきました。アレックは急いで目をそらし、コーンスナックの袋《ふくろ》に手をのばしました。こっそり見ていたと思われたくないのです。

ニーナは腰《こし》かけると、両手をペタンとテーブルについて、まっすぐ壁《かべ》を見つめています。呼《こ》吸《きゅう》が荒《あら》く、いらいらしているようです。数分たってようやく落ちついたニーナは、リュックを肩《かた》からおろし、紙パックのジュースを取り出して、五秒で飲みほしてしまいました。

ニーナはジェイソンを見てから、アレックにどうだった？　という顔を向けました。

アレックはささやきました。「あやまったよ。ジェイソンは、今初めて『ひとりぼっちの不時着』を読んでる」

そういったアレックは、リリーがクラブに入ったときに感じた気持ちと同じ気持ちになりました。ジェイソンに対しても兄貴《あにき》になったような、誇《ほこ》らしさを感じていたのです。一日おそかったにしても。

ニーナが「やっぱりやめた！」とささやきました。

ニーナは本を読みはじめましたが、まだ怒《おこ》っているように見えます。アレックはノートを半ページやぶいて、手紙を書きました。

〈話したいことがあるなら、水飲み場かどこかへ行かない？〉

アレックはドギマギして、やぶりすてようかとも思いましたが、なにがあったのか知りたかったのです。紙を二回折ると、テーブルにすべらせ、ニーナの腕《うで》に当てました。ニーナはびくっとしてアレックのほうを見ると、紙を開きました。そしてうなずいて、二人で倉庫のほうへ向かいました。ほかのクラブのテーブルを通りすぎ、倉庫の角を曲がって、水飲み場へ向かいます。ニーナはだまっています。

話したいことがあるかどうか聞くのはいい考えだと思ったのですが、アレックの手はまた汗《あせ》ばんできました。とにかくアレックが最初になにかいわなければなりません。

「ほら……別によけいな口出しするつもりはないからさ……話したくないなら――」

「ううん」ニーナはいいました。「うれしいわ……大したことじゃないんだけど。体育館に入るとき、ケントのところに行って、あなたと毎日遊ぶつもりはないっていったの。だって、このごろしつこいし、しょっちゅうバスケットもやりに来るんだもの。そしたら、ケント、怒《おこ》ってこういったの。『おれももう、一切《いっさい》付き合う気ないから、ニーナとも、あのまぬけな友だちの本のウジ虫とも！』って。これからは、ニーナにスポーツの才能《さいのう》があるなんて、うそつかなくてもいいやって。才能なんかないんだって。そもそも、なんでニーナなんかがいいと思ったのか、わかんないって」

アレックは歯を食いしばり、床《ゆか》を見つめていました。

ニーナはいいました。「こんなことをいわれたからって、悩《なや》んでるのはバカだって思う……でも、気になるの。とくに、スポーツのことが。やっぱり……あたしはバカよね？」

ニーナはさびしそうに笑いましたが、すぐにこういいました。「お願いだから、そうだねなんていわないで」

「バカなのはあいつのほうだ！」アレックの声があんまりはげしかったので、ニーナもアレック自身もびっくりしました。

ニーナはいいました。「まあとにかく、そういうこと。話せてよかったわ。ありがとう」

「うん……いいよ」と、アレック。二人はまだ水飲み場への途中《とちゅう》でした。「のどかわいてる？」

「そうでもない」

二人はまたテーブルにもどりました。アレックは本の世界に飛びこみたい気持ちでした。序《じょ》盤《ばん》、中盤と場面がすすみ、何百ページか先に、ほっとできる結末が待っている世界に。

でも今は、腹《はら》が立って心が乱《みだ》れています。アレックはケントに仕返しをしたい気分です。自分のことだけではなく、ニーナのためにも。毎日毎日ケントにいじめられ、いばりちらされているほかの子どもたちのためにも。

はげしい感情《かんじょう》でした。これにはアクションが必要です。

CHAPTER 26

決闘《けっとう》

火曜日のそのあと、負《ま》け組《ぐみ》クラブの時間はおだやかに流れていきました。ジェイソンは『ひとりぼっちの不時着《ふじちゃく》』の少年とともに、カナダの森の奥《おく》にいました。リリーは『穴《あな》 HOLES《ホールズ》』を読みながら、足をぶらぶらさせています。アレックはコーンスナックでよごれた歴史小説を、目の前に広げています。

でも、アレックは本を読むかわりに、頭の中ではげしいレスリングの試合をおこなっていました。

本当は、体育館のむこうはしへ走っていってケントに飛びかかり、木の床《ゆか》に押《お》しつけて、みんなに、とくにニーナにいじわるしたことの報《むく》いを受けさせたい気持ちもあります。でも、それはちがうとわかっています。それに、ケントはまったくの悪者でもないし、いつもいつもあんないやなやつでもないんです。それなのになぜか、勝つことだけが世の中でいちばん大事なことだ、と思うようなやつになってしまったのです。だからアレックは、どうにかしてケントの鼻を明かしてやりたいのです。

なんとかいい方法はないものでしょうか……。

アレックは今までに読んだ本を頭の中で開いて、お気に入りのヒーローたちがどんなふうにして難問《なんもん》を解決《かいけつ》し、戦いに勝ったのか思いだしました。どんなときにも大事なのは勇気です。それと努力。けれど、ただやみくもに復讐《ふくしゅう》しようとする者は、たいてい失敗します。計画を練り、意外な方法を思いつく知性《ちせい》がものをいうのです。

アレックは突然《とつぜん》、いすをガタッといわせて、背筋《せすじ》をのばしました。リリーとジェイソンはびっくりしました。アレックが本に目をこらしたままなので、二人ともまた読書にもどりました。

一分後、アレックは静かに本をとじ、立ち上がると、ウィルナーさんのところへ行って話をしました。それから、体育館のむこうはしにいるジェンソンさんのところへ行って、「キックベースをしたいんです」といいました。

ジェンソンさんはいいました。「いいとも――バスケットのシュート練習をしているあの子たちに加わりなさい。今やっている試合の勝者と、つぎに試合をすることになっているから」

「わかりました、ありがとうございます」

というわけで、この日の午後、アレックは正式にスポーツ班《はん》に登録したのです。

アレックが加わったキックベースチームは、全員四年生と五年生でしたし、運動が得意そうな子は一人もいません。アレックはキックベースの試合を見守りました。

ケントのチームが守備《しゅび》についているので、ピッチャーはケントです。アレックは、前にもケントが投げるのを見たことがあります。キッカーに向かって、毎回強く早い直球をころがします。今、ケントはボールをころがしながら、チームメートに「フライに気をつけろ、背《せ》のびするんだ、背のび！」と叫《さけ》んでいます。

キッカーは五年生の男の子で、ピッチャー返しの強いゴロをけりました。ケントはボールを拾い上げて、きれいな弧《こ》を描《えが》いて投げ、まだ一塁《るい》へ半分しか行っていないキッカーの左腕《さわん》に当てました。

「アウト！　よーし、よし！　あと一人で勝利だ！」ケントが叫びます。

アレックはあらためて認《みと》めざるをえません。ケントはすばらしいスポーツマンです。

バスケットボールがころころころがってきました。アレックが足で止めると、女の子が追いかけてきました。

「ありがとう」女の子はその場で立ち止まりました。「あ、こんにちは、アレック！」

一瞬《いっしゅん》だれだかわかりませんでしたが、よく見ると、デーブ・ハンプトンの妹でした。

「ジュリア……やあ！　キックベースチームにいたとは知らなかったよ。すごいな」

「うん、だけど、ちっともうまくないの」

「それなら」アレックはゆっくりいいました。「知ってると思うけど、文化クラブに入ってもいいんだよ」

ジュリアは遠くのテーブルをながめました。「そうね……でも知ってる人がいないの。ここなら、友だちのサラがいるから。おんなじチームに入れればね」

アレックはさりげなくいいました。「ジュリアとサラが本を読むのが好きなら、いつでもぼくのやってる読書クラブに入っていいんだよ」

「読書クラブ作ったの？」

「ぼくのものってわけじゃないけどね、でもきっかけを作ったんだ。あっちのテーブルでやってる。おかしな名前だよ――負け組クラブさ」

「ああ、聞いたことある。もし入ったら……サラとあたしが同じ本を読んで、それについて話し合ってもいいの？」

「もちろん」アレックはいいました。

「でも、感想文とか、テストとか、そういうのはあるの？」

「いや、そんなのはない。楽しく読むだけだよ」

ジュリアはとまどっています。「読書クラブやってるなら、どうして今ここにいるの?」

いい質問《しつもん》だ! とアレックは思いました。ケントの鼻にパンチを一発おみまいするほうが、よっぽど簡単《かんたん》だったかもしれません。バスケットのコートで明るいライトに照らされながら、アレックは、この小さな計画がどんどんフィクションぽくなってきたと感じていました。

でも、ジュリアにはこういいました。「今日はキックベースをやりたくなっただけ。終わったら、もどって本を読むよ」

そういう計画だったのです。

「もうそろそろ、ぼくらの出番だろ、行くぞ!」と、アレック。

ジュリアは気乗りがしない顔をしました。「負けに行くってことね。いつもいつも、ケントのチームが勝つんだもん」

ケントがまた叫《さけ》んでいます。「さあ、行くぞ! 位置につけ、こいつはでかいのけるからな、よく注意してろ!」

五年生の背《せ》の高い女の子が、ホームプレートに立ちました。ケントのいうとおり、女の子のけったボールは三塁《るい》の頭上をこえましたが、ジェンソンさんが「ファウル!」とどなりました。

ケントがいいます。「オッケー、オッケー！　みんな、フライに気をつけろ——行くぞ！」

女の子はこんどは思い切りけりました。ボールは高く上がり、二塁《るい》をこえました。デーブ・ハンプトンが走っていってキャッチしました。

「よーし、よくやった、みんな！」ケントが叫《さけ》びました。「こっちのチームはそのまま残って。つぎのチームが先攻《せんこう》だから」

ケントのひとり舞台《ぶたい》です。ケントは最優秀《さいゆうしゅう》キッカーであり、エースピッチャーであり、内野手であり、チームのキャプテンであり、マネージャーであり、チアリーダーなのです。いろいろな仕事があって忙《いそが》しいケントは、相手チームにアレックがいることに、まだ気がついていません。

ケントは壁《かべ》ぎわにならんでいる相手チームに、ちらっと目をやりました。四番めの子は大きくて強そうです。先頭の三人のうちだれかが塁《るい》に出れば、あの子に打順がまわってきます。

最初のキッカーの四年生の男子がプレートに立ったとき、ピッチャーズマウンドにいたケントは、四番めの子がアレックだとようやく気づいて、目玉が飛び出そうになりました。ケントは小走りに壁ぎわへ行って、アレックに向かい合うと、あごをつき出しました。

「なにやってるんだよ？」

「キックベースさ」

「へっ、けっさくだ！　本のウジ虫負け犬大王が、キックベースをしたいんだとさ！　それじゃ、おまえのチームは勝つ自信あるのかよ？」

「わかんない」アレックはいいました。「だけど、ぼくが絶対《ぜったい》に一点は取ってみせるよ」

ケントは笑いとばします。「おまえが？　点を取るだと？　おれのチームから取れるもんか！」

アレックは肩《かた》をすくめました。「じゃ……賭《か》ける？」

ケントは自信たっぷりに、にやりとしました。「いいぜ――なんでもいうこと聞いてやるよ！」

アレックのチームの子どもたちは全員、だまって集まりました。いつもの試合とはちがうんだと、わかったのです。

この賭けはアレックの計画どおりでしたが、いかにも今思いついたように、こういいました。

「それじゃ、こうしよう。ぼくが一点でも取ったら、ケントは一週間、負け組クラブに入ること。ぼくが指定した本を、おとなしくすわって読むんだ。もし、ぼくが点を取らなかったら、一週間スポーツ班《はん》に入るから、毎日キックベースでこてんぱんにすればいい。どうだ？」

ケントはうなずきました。「いいだろう……じゃ、握手《あくしゅ》！」

アレックが手をさし出すと、ケントはその手をつかみ、思い切りギュッとにぎりしめました。

アレックは来たな、と思い、瞬時《しゅんじ》に同じように強くにぎり返しました。あれほど長いこと、水上スキーのロープをつかんできたアレックです。二百馬力のモーターボートに、時速五十キロで湖を引っぱりまわされるあいだ、ロープをつかんでいられるのですから、握手合戦なんておやすい御用《ごよう》です。

アレックの手の力を感じたケントは、おどろきの色を隠《かく》せませんでした。アレックはさらに強くにぎりました――まだまだ余裕《よゆう》があります。でも、これは手の骨《ほね》をくだく競争ではないので、アレックは少し力をゆるめました。ケントは手を引《ひ》っこ抜《ぬ》くと、ピッチャーズマウンドへ走っていきました。

ケントはまわりのメンバーに大声でいいました。「さあ、いいかみんな、負け組のやつらに、キックベースとはこういうもんだって、見せてやろうぜ！」

アレックのチームの先頭キッカーは、エディーという四年生の男子です。体は大きくありませんが、身軽で強そうです。彼《かれ》はやるべきことがわかっているように、しっかりとプレートに立ちました。そしてやってくれました。最初はライト方向に向かってかまえていたのですが、ける瞬間《しゅんかん》、レフト方向に向きを変えて軽くけりました。ボールはショートを守っている女子の頭をこえていきました。あっというまに、一塁《るい》に走者が出たのです。

そのときアレックは、生まれてこのかた、夢《ゆめ》にも思わなかったことをしました。飛び上がってこう叫《さけ》んだのです。「まーけぐみっ！　まーけぐみっ！　まーけぐみっ！」

ほかのメンバーも大喜びで、いっしょに叫びました。「まーけぐみ、まーけぐみ、まーけぐみ、まーけぐみっ！」

二番キッカーは、あまりうまくいきませんでした。五年生の男子で、さっさと自分の番を終わらせたいと思っていました。ケントの投球に押《お》されて浅いフライをけり、ボールはセカンドを守っていた女子の腕《うで》の中にすっぽりと入りました。チャンピオンズが簡単《かんたん》にアウトを一つ取りました。

エディーは走りましたが、一塁にもどりました。

ケントはピッチャーズマウンドから、チアリーダーの役目を始めました。「いいぞ、いいぞ、チャンピオンズ！　こんども……」

ところが、アレックがまた立ち上がり、手をたたきました。「行け行け、まけぐみ、行け行け！」パンパン。「行け行け、まけぐみ、行け行け！」パンパン。メンバーたちも加わったので、ケントの声はかき消されました。

三番キッカーは五年生の女子です。ケントは叫《さけ》びました。「つぎも行くぞ、浅いライトフライに気をつけろ」

ケントのいったとおり——女の子はバランスをくずしながら初球をけり、弱いフライがそのままライトの手に飛びこみました。

つぎにプレートに立ったアレックは、こんなことを考えていました。

〈ケントはスポーツ班《はん》全員の実力と弱点を把握《はあく》しているにちがいない。だからあいつのチームは連勝してるんだ！　だけど……ケントがまったく知らない選手が一人いる——ぼくだ！〉

問題は、アレック自身も、キックベース選手としての自分の実力がわかっていないことでした。

もちろん、学校では体育の時間や休み時間に、キックベースをしたことは何回もあります。けれど、たぶん三年生のとき以来、ほんものの試合をしたことはないのです。

それでも、体のバランスはいいし、水上スキーのスラロームで湖面をすべっているので、脚《きゃく》力《りょく》はついています。もちろん、ケントはアレックのことを本の虫だと思っていて、運動といえばページをめくることと、コーンスナックに手をのばすことしかしていないと思っています。土曜日の朝アレックの父さんがいったように、人は一つのレッテルで片《かた》づけられないというのは本当でした。アレックはじつはスポーツマンだったのです。もっともそれを知っている人は、地球上に十人くらいしかいないでしょうけど。もちろんケントも知りません。

〈そう、ほんとのぼくは、隠《かく》れスポーツマンだ！〉

頭の中でぐるぐるそう思いながら、アレックはプレートに立ち、ケントと……ケントのはるかむこうを見ました。体育館のむこうはしでは、文化クラブ班《はん》のみんなが、外野席みたいにテーブルにすわって、キックベースの試合を見ていました。アレックがキックベースをやっているというニュースが広まっていたのです。いちばんはしっこでは、ジェイソンとリリーとニーナが手をふっています。

アレックはごくりとつばを飲みこみました。ちょっとした見世物になっているのです。

ケントはいやらしくにやっと笑うと、チャンピオンズのキャプテンとしてメンバーを見わたし、大声を上げました。「軽くしとめるぞ！　よし、行こう！」

ケントが第一球を投げました。アレックはあわてたふりをして――三塁《るい》の左にぼてぼてのファウルをけりました。しかし、この一球でボールの感触《かんしょく》と、ケントの投球スピードや強さがわかりました。かなりの速さです。

ケントはにやりと笑いました。「うわあ、おっかねえ――あんまり強くけって、おれたちにけがさせないでくれよ、たのむよ！」

アレックは心臓《しんぞう》がバクバクいっているのを感じました。こんなことは初めてです。ベンチにいるメンバーたちは歓声《かんせい》を上げていますし、一塁ではエディーが、フリスビーを投げてほしがっている子犬のように、ぴょんぴょんはねています。アレックの視界《しかい》がとぎすまされてきました。焦点《しょうてん》がだんだんせまくなり、ついに、ケントの片手《かたて》にのっている直径二十センチの赤いボールしか見えなくなりました。

ボールはうしろへうしろへと動き、つぎに前に向かって手からはなれ、体育館の床《ゆか》をころがってきます。けれど、ボールの動きはゆっくりで、無重力の宇宙《うちゅう》ロケットのように回転しています。あんまりおそいので、黒い文字や空気入れの穴《あな》まで見えます。

アレックの足がボールをけると、あたりはふつうのスピードにもどりました。ボールは火のついた矢のように飛んでいき、ジェンソンさんが「フェア！」とどなりました。

アレックが一塁《るい》をまわるころには、エディーは三塁をまわってホームに向かっていました。アレックが二塁を走りぬけるとき、デーブとレフトの子が、中国語クラブのテーブルのうしろからボールを拾っているのが見えました。アレックのキックは、むこうの壁《かべ》までとどいたのです！　デーブは強肩《きょうけん》ですが、アレックは三塁で止まるつもりはありません。心配ご無用、ボールが内野に返ってきたときには、アレックはもうホームをかけぬけていました。

こんどはエディーが、「まーけぐみっ！　まーけぐみっ！　まーけぐみっ！　まーけぐみっ！」と叫《さけ》びはじめ、みんなもつづいたので、ジェンソンさんはもうやめなさいといって、つぎのキッカーをプレートに送りました。

その試合で、アレックはあと四回打席に立ち、いい成績を残しました。シングルヒット二本、二塁打一本、レフトフライでアウト一回です。

試合は通常《つうじょう》どおり五イニングで終わり、チャンピオンズが勝ちました。ケントは四つの特大ホームランをふくむ六打点を上げました。それでも、いちばん重要な得点は、一回表の一点めでした——本の虫アレック・スペンサーによる得点です。

試合が終わると、アレックはピッチャーズマウンドへ行って、ケントと握手《あくしゅ》しました。こんどは骨《ほね》くだき合戦《がっせん》にはなりませんでした。

アレックは、いやみや皮肉などこめずにいいました。「いい試合だった――ほんとに。もし子どものプロキックベースリーグがあったら、ケントは毎シーズンMVP《エムブイピー》になるよ！」

ケントが答えに困《こま》っているのを見て、アレックは急に気の毒になりました。ケントは何事であれ、負けると気分が落ちこみ、体調をくずしてしまうのです。

でも、ケントはだいじょうぶでした。ほめことばを素直《すなお》に受け取り、アレックにもちょっとしたお世辞をいいました。「ああ、おまえもがんばれば、そこそこの選手になれるさ」

すると、アレックが計画になかったことをいいました。「賭《か》けのことだけどさ、本当は公平じゃなかった。ぼくは試合中に一点でも取ればよくて、たとえばエラーでも点が入ったかもしれない。それはケントの責任《せきにん》じゃないだろ？　だからもう気にしないでくれ。ぼくも楽しかったし――何年もキックベースしてなかったからね」

ケントは首をふりました。

「いや、賭けは賭けだ……おれは賭けに負けたんだ。だから、あしたはあそこで会おう」そういって、体育館のむこうのすみっこをあごでさしました。

ケントのチームは、すぐにつぎの試合を始めましたが、アレックはもうスポーツはいいやと思いました。ケントが得意な種目で自分が得点をあげて打ち負かせば、さぞいい気分になるだろうと思っていました。でも、そんな気分にはなりませんでした。アレックはヒーローでもなく、ケントはまったくの悪役でもないからです。

アレックが体育館のむこうはしに着くと、文化クラブ班《はん》のみんなから、大拍手《だいはくしゅ》をあびました。アレックはまっ赤になり、ますますとまどってしまいました。

負け組クラブでも同じです。

リリーは目をキラキラさせました。「すごかったね！」

ジェイソンがいいました。「すっかりやっつけちゃったね！」

二人とも、オリンピックの金メダリストでも見るようなまなざしを向けています。

ニーナは大げさにはまくしたてませんでしたが。にっこり笑っていいました。「楽しかったみたいね」

ニーナはアレックがホームランを放ったことに感動したのですが、顔には出しませんでした。アレックはこれ以上注目されたくなかったので、ありがたいと思いました。

アレックはすぐにかばんをあけて、本を探《さが》しはじめました。負け組クラブのメンバーはそれぞれお祝いをいって、本にもどっていきました。

けれど、じつはアレックは、たった今の出来事を逐一《ちくいち》思い返し、なんてバカなことをしたんだろうと思っていました。ケントを一週間も負け組クラブに来させて本を読ませるなんて、ひどいいやがらせですし、そのいやがらせは、まさにアレック自身にはね返ってきています。だって、ニーナがケントに付き合いたくないといってから一時間もたたないうちに、ケントをこのクラブに引き入れてしまったのですよ――一日三時間、五日間も同じテーブルに！　いくら本を読むことはケントのためになるとしても、アレックは本当は仕返しのためにやったのです。そして、その偉大《いだい》な計画は、ブーメランのように自分にはね返ってきたのです。

ああ、ぼくはなんてバカなんだ！　アレックは自分に対して、バカということばしかうかびませんでした。

そして、本能的《ほんのうてき》に、これまで心が乱《みだ》れるたびに、何回もやってきたことをやりました。本に手をのばしたのです。『シャーロットのおくりもの』でした。

アレックはちょうど二週間前、暗い車庫の中のミニバンの後部座席《ざせき》にすわって読んでいて、途中《とちゅう》でやめたページを開きました。あのときのことは前世紀の出来事のようです。あのときアレックは、ことばを話すクモやウィルバーというブタの本を読んでいるところを、だれにも見られたくありませんでした。今はどうでしょう？　かまうもんですか。今はシンプルで真実が書いてある物語が必要なのです。アレックはなにも考えずに、読みはじめました。

二十分のあいだ、ファーンとウィルバーとテンプルトンとシャーロットは、アレックの問題や心配や不安をすべてはねのけてくれました。なにもなければ、六時までずっと読みつづけていたでしょう。ところが、五時四十五分、だれかに肩《かた》をたたかれました。

「やあ、アレック」

アレックは顔を上げ、現実世界《げんじつせかい》にもどるのに、目をぱちぱちさせました。ウィルナーさんでした。

「あ……はい」

ウィルナーさんがいいました。「このクラブに入りたいという人がいるんだ。サラ・ジェフリーズ、ジュリア・ハンプトン、エレン・ガブリエルだ」

ジュリアがにっこり笑っていいました。「よろしくね、アレック。どこにすわったらいい?」

誇《ほこ》り高《たか》いケント

水曜日の昼休み、アレックは重大なことに気がつきました。きのう、クラブに新しく三人女の子が入って興奮《こうふん》してしまい、ケントとキックベースの賭《か》けをしたことを、クラブのメンバーにいうのを忘《わす》れてしまったのです。そこで、ニーナを見つけて話しました。

「うそでしょ?」ニーナはアレックをまじまじと見つめました。

アレックは首をふりました。「いや、ほんとなんだ。ぼくが試合で一点でも取ったら、ケントは、五日間ぼくたちのクラブに入らなくちゃならないっていう条件《じょうけん》を出したんだよ。今日の午後からさ」

「あたしがケントに、もう会いたくないっていったばかりなのに、そんな条件を出すなんて信じられない!」ニーナはちょっと考えてから、たずねました。「だけど……ケント、このクラブでなにをするのかしら?」

「ぼくたちと同じこと——本を読むんだ。そういう約束だから。読む本はぼくが選ぶ」

「まあ」ニーナはにやりとしていいました。「『ブー!ブー!ダイアリー』がいいわ!」

ニーナが笑ったのを見てアレックはうれしくなりましたが、すぐにいいました。「あいつが喜ぶ本でなくちゃね」

ニーナは眉間《みけん》にしわをよせて考えました。「じゃ……スポーツもの？」

アレックは首をふりました。「自分じゃ選ばないような本にするよ」

ニーナは顔をしかめます。「だけど、テーブルについたはいいけど、どうしても本を読まなかったら？　ありえるわよ——五日間、すわってみんなをからかうだけとか！」

アレックは肩《かた》をすくめました。「ありえるかもだけど、そうはならないと思うな」

アレックは、賭《か》けに勝ったあとでやっぱりやめようといったのに、ケントがやめなくていいといったことを話しました。

「へええ」と、ニーナ。

「そうなんだ、ぼくもおどろいたよ。でもケントはほんとに……」アレックは適切《てきせつ》なことばを探《さが》しました。そして、こういいました。「ケントはほんとに、誇《ほこ》り高《たか》かった」

ニーナはふんといいました。「ケントが誇り高い？　この目で確《たし》かめるまで信じないわ！」

アレックは大まじめな顔でいいました。「それじゃ……そのことについて、賭ける？」

「いやよ！」ニーナはいいました。「もう賭けはなし！」

CHAPTER 28

保《ほ》証《しょう》つきの本

水曜日、授業終了《じゅぎょうしゅうりょう》のチャイムが鳴ると、アレックは体育館へ飛んでいき、まっ先にクラブのテーブルにつきました。八人分の席をどうするか、テーブルを見わたして考えました。最初の予定より六人も多いんです！

けれど、考えている時間はありませんでした。一分もたたないうちに、ケントがあらわれたのです——ふてくされた顔で、けんか腰《ごし》です。

「で、好きなところにすわっていいんだな？」

「えーと、ニーナはいつもあそこのはじっこにすわって、ぼくはここで、ジェイソンは——」

ケントがさえぎりました。「もういい、もういい——魔法《まほう》の座席表《ざせきひょう》はおまえの頭の中で見てろ。おれの席はどこだ？」

「そこ」アレックは自分の向かいがわの席を指さしました。ここならニーナを見ることはできませんし、ジェイソンのとなりでもありません。今日は四年生の女の子たちが来てくれるから助かったと、アレックは思いました。プラスとマイナスの電極のあいだの絶縁体《ぜつえんたい》のようなもので、火花が散ったり、爆発《ばくはつ》したりするのを防《ふせ》いでくれるでしょう。

ケントがドサッとすわると、テーブル全体がゆれました。ケントはなんだか楽しそうです。

「それで、おれを本にしばりつけておくつもりか？　それともただここにすわってりゃいいのか？」

ニーナがまだ来ていなくてよかったと、アレックは思いました。ケントはニーナがいったとおりの態度《たいど》を取っています。昔からのケントそのままです。賭《か》けの条件をのむといった、きのうの誇《ほこ》り高《たか》い戦士ではありません。

アレックは昼休みにニーナと話してから、大忙《おおいそが》しでした。

昼食後、社会の時間の前に、学校図書館へ走りました。そして、息せき切って、カウンターの司書の先生にいいました。

「こんにちは、ハドン先生。あの、ぼくの知り合いなんですけど、ちょっとバカなやつで、読書なんてくだらないと思ってるんです。そういう子がどうしても読みたくなるような本はありませんか？」

司書の先生はにっこりしました。

「わたしたちは、そういう子をバカなやつとはいわないの。消極的読者というのよ。そういう子に合う本ならたくさんあるわ。何年生なの？」

アレックが答えると、司書の先生はしばらくキーボードをたたき、画面をのぞきこんでいましたが、アレックにも見えるように、画面をまわしてくれました。

「これはすばらしいリストよ――まちがいなしの必読書ね。あなたはほとんど読んだことがあるでしょうから、どれでも選びなさい。絶対《ぜったい》に夢中《むちゅう》になる保証《ほしょう》つきの本ばかりよ！」

先生のいうとおり、このリストの上から二十番めまで、アレックは全部読んだことがありました。その中の一冊《さつ》が、アレックの目に飛びこんできました。きっとなんのアドバイスがなくても、その本を選んだにちがいありません。

アレックは画面を指さしていいました。

「これ――今日、今すぐ借りられますか？」

ハドン先生が貸《か》してくれたその本を、アレックは、テーブルにすべらせてケントにわたしました。

ケントは表紙に大きく描《か》かれた斧《おの》の絵を見ていいました。

「へえ、すげえ――斧を使った殺人鬼《さつじんき》の話か！　サンキュー！」

アレックは笑いそうになりましたが、なんとかこらえ、まじめな目でいいました。

「よく聞けよ。約束を守るっていったのはケントなんだからな。その条件《じょうけん》は、静かにすわって、ぼくがわたした本を読むこと。だから、だまって本を読まないんだったら、どこかへ行ってもらうよ！」

ケントは口答えしようとしましたが、顔をしかめ、本を開いて読みはじめました。

あとの六人がやってくるたび、アレックはしーっ、静かに、という身ぶりをしました。

アレックがジュリア・ハンプトンに向かって、くちびるに指を当てて首をふると、ジュリアはテーブルをまわってかけてきて、アレックの耳にささやきました。「だって、木についての話をしてもいいっていったじゃない！」

アレックはささやき返しました。「そうだけど、まず初めに本を読まなくちゃならないだろ？　今日は読むだけの日なの」

ジュリアはその理屈《りくつ》に納得《なっとく》して、サラとエレンの耳にささやき、三人ともおとなしく本を読みました。三人は、アレックが見たことのない新しいペーパーバックの本を読んでいます。ネコと犬についての本です。

十五分くらいたったとき、アレックが顔を上げると、ニーナがこっちを見ていました。ニーナはこっそりケントを指さしました。そこにすわっているケントは、完全に約束を守っているのです。ニーナはおどろきを隠《かく》せませんでした。

そして、にっこりすると、声を出さずに口を動かしました。「すごい本！」

アレックもにっこりして、ほんとだねとうなずきました。

こんどはアレックもケントをこっそり見て、おどろきました。ケントは身じろぎもせず、本のページに目をくぎづけにして読んでいるのです。キックベースで、満塁《まんるい》の走者を背負《せお》ってボールを投げるときと同じ真剣《しんけん》さです。

そうです。司書の先生のいうとおり、夢中《むちゅう》になる保証《ほしょう》つきの本はあるのです。『ひとりぼっちの不時着《ふじちゃく》』は、まさにそういう本でした。

CHAPTER 29

テーブルがふえる

負《ま》け組《ぐみ》クラブに問題が起こりました。木曜日の放課後、新しく入った女の子たちが、ものすごくうるさいのです。本を読んでいるはずのときにもです。こそこそ話したり、からかい合ったり、クスクス笑ったり、今読んだ本の中で気に入ったところを話し合ったり。

三人の女の子たちのおかげで、みんなが迷惑《めいわく》していました。とりわけ、『ひとりぼっちの不《ふ》時着《じちゃく》』に夢中《むちゅう》になっていることを隠《かく》そうとしているケントは、うなったり顔をしかめたりしています。なにしろジュリアとサラにはさまれているのですから、たいへんです。それでも女の子たちはおかまいなし。迷惑なおしゃべりはやみません。

そこで、アレックはカフェテリアにケースさんを捜《さが》しに行って、負け組クラブにもう一台テーブルをおく許可《きょか》をもらい、体育館にもどってウィルナーさんに許可が出たことを伝え、いっしょにまたカフェテリアにもどって、大きな折りたたみ式のランチテーブルを体育館にころがしていく手伝いをしました。

テーブルを体育館に運び入れて、スポーツ班《はん》のそばを通ったとき、キックベースの子たちを見ると、ケントがいなくてもうまくやっているようでした。いつもより笑ったり、ふざけ合ったりしています。ルールで決まっている人数のチームを三つ作るのではなく、大人数の二つのチームにして、みんなが楽しみながらプレーしています。

ウィルナーさんは、テーブルを奥《おく》の壁《かべ》に向かって押《お》しながら聞きました。「あっちのテーブルと、くっつけたほうがいいかい？」

「いいえ！」アレックは即答《そくとう》しました。「このテーブルは、本についてしゃべりたい人用なんです。だから、五、六メートルはなして、西の壁のほうにおきたいんです──だいじょうぶですか？」

「もちろん。スペースは十分あるからね」

三人の女の子たちが新しいテーブルに落ちついたときには、もう四時になろうとしていました。おしゃべり娘《むすめ》たちが十分はなれたところへ移動《いどう》したので、リリーもジェイソンも、ニーナもケントも、ほっとしているようです。アレックもそうです。

五時十五分ごろ、ケントが立ち上がり、『ひとりぼっちの不時着』をテーブルに投げて、バサッと大きな音を立てました。

アレックはびっくりして、ケントを見ました。

ケントがいいました。「読み終わったから、キックベースにもどるぞ。急げばまだ二試合はできる。いいだろ？」

アレックはまばたきもしません。「いいよ——ただし、そんな約束はしてないけどね。一冊《さつ》読み終わるまでじゃなくて、五日間いるって自分でいったんだぞ。だけど、もうここにいるのががまんできないっていうんなら、それでもいいよ——自分で決めてくれ」

ジェイソンとニーナとリリーは、読むのをやめてケントを見ました。

ケントはうす笑いをうかべて、またすわりました。「おれはなんだってがまんできるさ。じゃ……つぎはなんだ、ボス？」

アレックはリュックに手をつっこんで、図書館で借りた本をもう一冊取り出し、テーブルにすべらせました。「今読んだ本の、つづきだよ」

これしかいわなくてだいじょうぶかなと、アレックは心配でした。

けれど、三十分後にアレックが顔を上げると、ケントは一冊めと同じように集中し、目をこらして読んでいました。物語に入りこんでいます。アレックはこの二日間で、二回めの小さな奇跡《きせき》を目撃《もくげき》したような気になりました。

ヨーダの兄貴《あにき》

木曜日の夜八時ごろ、アレックの部屋の入り口に、ルークがあらわれました。

「お兄ちゃん、原始人たちを怒《おこ》らせた？　きのう、ケントともう一人に、ロッカーに押《お》しつけられて、『よく見て歩け、負けチビ！』っていわれたんだ」

「なにい？　なんだそれ！」

アレックはカッとすると同時に、おどろきました。ケントは誇《ほこ》り高《たか》く約束を守っているのですから、いくぶん……人間らしく――もっというと、いい人になってきたと思っていたのです。

でも明らかにちがいました。

もっとも、ルークがいじめられたのは水曜日の昼間で、ケントがクラブのテーブルに来たのは水曜日の放課後。とはいえ、そのことと弟をいじめたことは、話が別です。

アレックはいいました。「あしたケントに聞いてみる。またいじめられたら、ぼくにいうんだぞ」

ルークは肩《かた》をすくめました。「大したことじゃないよ。あの子たち、ネアンデルタール人なんだからさ」

アレックは考えました。

そして、いかにも兄貴《あにき》っぽい声でいいました。「ネアンデルタール人なんて呼《よ》ぶと、おまえを負け組とかバカとか呼んだあいつらと、同じになっちゃうぞ。レッテルを貼《は》ることになるんだ」

これは、父さんがアレックにいったことそのものです。

ルークはアレックをじっと見つめました。そして、わざと大まじめにいいました。

「惑星《わくせい》レッテルからのニュース速報《そくほう》です」

ルークはいいました。「あのさ、ぼくの友だちのチャールズが、カフェテリアで放課後プログラムをやってる低学年も、負《ま》け組《ぐみ》クラブ作っていいかどうか、知りたいんだって。クラブができたら、男子二人と女子三人、入りたいっていってるらしいよ」

アレックの口はポカンとあきました。「うそだろ！」

もちろんルークはうそをついていません。多少おもしろがってはいますが。

アレックのおどろきを尻目《しりめ》に、ルークはさらにいいました。「チャールズはお兄ちゃんとおんなじで、いっぱい本を読むんだ。マジですごいよ」

アレックはいすの背にもたれかかって考えました。

「そうだなあ、また負け組クラブっていう名前じゃ、ケースさんがいい顔しないだろうね。チャールズに、まず放課後プログラムの監督《かんとく》に話してみたらって、いっといて。そうすればなにかいいアドバイスをもらえるだろうから。まあ、やってみたらいいよ」

「やるか、やらないかだ。『やってみる』などない」ルークがいいました。

これは、ヨーダの有名なセリフです。

アレックはまた、兄貴《あにき》として考えました。〈ヨーダのまねばっかりしてると、しまいにいつか、男子トイレに頭からつっこまれることになるぞって、いったほうがいいかな?〉

けれど、ルークは自分で教訓を学ぶべきだと、ヨーダも思うにちがいありません。アレックはそう結論《けつろん》づけました。

目まぐるしい日

金曜日の一時間めの音楽で、アレックはケントと話せる機会をうかがっていました。ケントの目をまっすぐに見て、弟をかまうのはやめろというつもりです。大ごとにはしたくありませんが、ひとことといわなくてはなりません。

授業《じゅぎょう》では新しい曲を覚えることになり、ダンブリッジ先生がいいました。

「アルトとソプラノのみんな、ピアノのまわりに集まってください。テノールとバリトンのみんなはしばらく休憩《きゅうけい》。ただし静かにしていること」

ほとんどの子はいすに腰《こし》かけて、小声でおしゃべりを始めました。携帯電話《けいたいでんわ》の電源《でんげん》を入れる子や、宿題を取り出す子もいます。アレックは立ち上がると、教室のうしろをぐるっとまわって左へ行き、バリトンの席にいるケントのところへ向かいました。

ケントは、大きな音楽のノートを手にもって、腰かけていました。

アレックはうしろから近づいて、ケントの肩《かた》をたたこうとしました……が、手を止めました。ケントが音楽のノートの内がわに隠《かく》して、『ザ・リバー』（未訳《みやく》・『ひとりぼっちの不時着《ふじちゃく》』

の続編《ぞくへん》）を読んでいたのです！　しかも残り十ページか十五ページ——きっとゆうべおそくまで起きて、読んでいたのでしょう！

アレックはそーっともどっていきましたが、ヨーデルでも歌いたい気分でした。それかタップダンスでも。でも、ケントは気づかないでしょう。心がどこか遠くへ飛んでいるのですから。

五分後、また全員でコーラスすることになったとき、アレックは左がわをちらっと見てみました。ケントは音楽のノートを見ているふりをして、くちびるをかすかに動かしていましたが、明らかに本を読んでいました。アレック自身、何回もこういうずるをしたことがあったのです。

授業《じゅぎょう》が終わったときには、アレックはルークのことを話すために、ケントを追いかけていけたはずです。こんなことをいってからかえる大チャンスでもあったのです。「おい、コーラスのとき、なにしてたんだよ？　見てたぞ」

ところが、どちらもアレックの頭にはうかびませんでした。放課後、ケントにもっていくのはなんの本にしようかと考えるのに忙《いそが》しかったからです。だって、ケントは新しい本が必要でしょうからね。

算数の教室に着くころには、アレックの考えは決まっていました。『ブライアンの冬《ふゆ》』――「ひとりぼっちの不時着」シリーズの三巻《かん》めです。これはすぐに思いつきました。

アレックはさらに思いました。〈待てよ、二、三冊《さつ》もっていって、ケントに選ばせたほうがいいかな……〉

アレックは算数のワークシートのすみっこに、いい本の候補《こうほ》を書きはじめました。三十分たつと、候補は八冊にふえていました。算数の授業《じゅぎょう》が終わるころには、十二冊に確定《かくてい》しました。

司書のハドン先生なら「まちがいなしの必読書」といってくれるでしょう。

三時間めの国語は、あっというまにすぎました。ブロック先生がクラスのみんなに、物語を読み聞かせしてくれたのです。エドガー・アラン・ポーの『告《つ》げ口心臓《ぐちしんぞう》』で、アレックが今までに聞いた中で、もっとも気味の悪い物語でした。授業が終わったとき、アレックはニーナと話をしたいと思いましたが、ニーナは女の子のグループと歩いていたので、あきらめて理科の教室へ急ぎました。

教室に着く寸前《すんぜん》、ルークが早足でやってきました。

「ねえねえ、聞いて。チャールズとぼく、今日読書クラブを始めることになったんだ。〈負《ま》けチビ〉って名前――ぼくが考えたんだ!」

アレックはめんくらいました。「だけど、クラブを始めることにしたの、チャールズなんだろう？　なんでおまえが名前を決めるんだよ？」

「いいじゃん。ぼく、アニメクラブはお休みして、負けチビを作るメンバーになったんだもん」

アレックはルークをまじまじと見つめました。「おまえが？　読書クラブを？」

ルークはムッとしました。「いつも読んでるよ。でも、魔法《まほう》を使う妖精《ようせい》の話とか、剣《つるぎ》で戦う話とか、ことばをしゃべるブタの話とか、そういうばかばかしいのは読んでないけどね」

アレックは目をむきました。「そうだろ――おまえが本を読んでるとこなんて、何年も見てないぞ！」

ルークは大げさな身ぶりをつけて、iPad《アイパッド》のカバーをあけ、画面を何回かタップしてから、アレックの鼻先につきつけました。「この前数えたら、六十二冊《さつ》だった。二十一世紀へようこそ、天才くん！」

アレックは画面にあらわれた小さな本の表紙を見つめました。『マインクラフトゲームの攻《こう》略法《りゃくほう》』『iPadをマスターしよう』『最新《さいしん》アニメ事情《じじょう》』『iPadの動画《どうが》・画像集《がぞうしゅう》』――いくつもいくつも出てきます。アレックも認《みと》めないわけにはいきません。〈ぼくの弟は、読書家

だ！〉

「ね」ルークはつづけます。「二週間くらいしたら、アニメクラブにもどるんだ。ホウプロの規則《きそく》では、それはいいことになってるの。クラブの指導員《しどういん》のガロさんにメールしたら――」

「ちょっと待て。クラブの指導員にメールしたのか？」

「そうだよ、ホウプロの青いガイドブックに、携帯番号《けいたいばんごう》が書いてあるでしょ。そしたら、読書クラブを作ってもいいっていってくれたんだ。あ、もう行かなくちゃ。図書館にもどらないと、ドローンを飛ばして捜《さが》されちゃうからね。でも、いいニュースでしょ？」

アレックはうなずきました。「ああ、よかったな。じゃ、あとで」

理科の教室のいちばん前の席にすわりながら、アレックは、ルークのことでどうしてこんなに心がざわつくのかわかりませんでした。でも、ざわつくのです。

確《たし》かにルークのクラブは、全然別の場所でおこなう、全然別のクラブですが、創立《そうりつ》メンバーのルークはアレックにアドバイスをほしがったりしないでしょうか？　一つの読書クラブを運《うん》営《えい》するだけでも手いっぱいなのに、もう一つなんてまっぴらです。

アレックは、体育館のほうの自分のクラブに新しく入った子たちの顔を思いうかべました。四年生が五人も！　ジェイソンとリリーはしっかりしていますが、あの新米の女子たちは？

うるさすぎます。

　本を読む子がどんどんふえるのはいいことなんでしょうか？　アレックは、みんないなくなってほしいと思っている自分に気がつきました。みんなのことを考えること自体、めんどうなんです。自分の読書時間がへってしまうからです。それに、女の子と話ができそうだと思えるようになって、その子が同じクラブに入ってきて、しかも親しくなってきたと思ったとたん、ほかの連中がどやどやと入ってきたんですから——ケントまで！

　こういったごたごたが、アレックの肩《かた》にのしかかってきたような気がしています。アレックはすわって授業《じゅぎょう》を聞いているように見えますが、頭はクラブのことでいっぱいでした。

　終わりのチャイムが鳴ると、半分ぼーっとしながら、みんなといっしょにカフェテリアへ向かいました。ピザの日だったので、サラミピザをひと切れ取りましたが、ほとんど味がしません。食べ終わると、いちもくさんに図書館へ行きました。ところが、ケントのために考えた十二冊《さつ》のリストは、むだだったことがわかりました。ハドン先生から、貸《か》し出《だ》しできるのは一度に四冊まで、と聞かされたのです。水曜日に借りた『ひとりぼっちの不時着』は、まだ家においたままですから、あと二冊しか借りられません。

　アレックはチャイムが鳴るギリギリで、社会の教室に着きました。授業中はずっと、ケントのために借りた本はあれでよかったのかなあと、心配していました。

そのとき、ロッカーの中に、もう一冊《さつ》いい本があるのを思いだしました。これで少しは気分が楽になりました。それでも、その日の授業《じゅぎょう》が終わるまでずっと、アレックの心は、こっちの問題にぶつかったかと思うと、あっちの問題へぶつかり、ピンボールマシンのように、光がついたり消えたりしていました。

予想どおり、ケントは放課後プログラムが始まってすわったとたん、『ザ・リバー』を投げてよこし、「で……つぎはなんだ、ボス？」といいました。

ケントはあきあきしているようにふるまっていますが、音楽の時間に、アレックと同じようにこっそり本を読んでいたことを知る者はだれもいません。

アレックはちょっと遊んでみたくなりました。それで、本を三冊ならべていいました。

「同じシリーズのつづきは、これ。別の冒険《ぼうけん》物語で、クロンダイク地方のゴールドラッシュの時代の物語がこれ。伝記もあるよ。どれか選んで」

ケントは『ブライアンの冬』に手をのばしかけました――シリーズの三巻《かん》めです。ところが、結局、伝記をつかみました。「キング・ジェームズははずせないだろ？」

その本は、レブロン・ジェームズの伝記でした。ケントはすぐに表紙をめくりました。

すると、ケントはへんな顔をしました。「これ、おまえの本じゃないか？」

そういって、アレックに中表紙を見せました。そこには、油性《ゆせい》マジックでアレックの名前が書いてありました。

「そう――夏休みに買ったんだ」

「読んだのか？」と、ケント。

ケントのいいたいことは顔に書いてあります。アレックみたいな本の虫が、スポーツのスーパーヒーローの本なんか読んでも、楽しくないだろうというのです。スポーツの本が好きなのはスポーツマンだけ、といわんばかりです！

アレックはいいました。「読んだよ、二回も。レブロンってすごいね！　この『レブロンのドリームチーム』（未訳《みやく》）っていう本も買いたいんだ。高校でスターになったときの話さ――だけど父さんが、ことばづかいが乱暴《らんぼう》な本だから、まだだめだっていうんだ」

ケントはひとこと、「すげえ」といったきり、読みはじめました。

アレックはひっそりとほほえむと、自分の本を開きました。今日はなんて目まぐるしい日だったのでしょう。でも、終わりよければすべてよし。今日は気分よく終われそうです。

いい気分は晩《ばん》ごはんのときまでつづきました。アレックと父さんと母さんの三人で、週間成《せい》績表《せきひょう》を見るまでは。算数が七、理科が七、社会は六でした。

アレックはびっくり仰天《ぎょうてん》しました――が、ああ、やっぱりとも思いました。どうしてこうなったか、自分でわかるのです。この二、三日、クラブのことにのめりこんでいましたし、授《じゅ》業《ぎょう》もそっちのけだったからです。

父さんがいいました。「どうなるか、わかるな？」

アレックにはわかります。こんどの月曜日の三時には宿題班《はん》の部屋へ行くこと。それを二週間つづけること。

アレックは事情《じじょう》を正直に説明して、真剣《しんけん》にお願いした結果、ペナルティー期間を二週間から一週間にへらしてもらえました。

それでも、クラブに起きているさまざまなことを考えると、一週間もそこからはなれているなんて、終身刑《しゅうしんけい》を宣告《せんこく》されたようなものでした。

一週間のペナルティー

宿題班《はん》の指導員《しどういん》はラングストンさんという男の人で、アレックは部屋の入り口から、その人をのぞいてみました。体が大きく、灰色《はいいろ》のジャケットがはち切れそうです。太っているのではなく、がっしりしているのです。白いシャツ、しまもようのネクタイ、大きな顔、短く刈《か》った茶色い髪《かみ》、大きな手。テレビの刑事《けいじ》ドラマで、警察署《けいさつしょ》の机《つくえ》にすわっている人みたいです。

算数のクラスでアレックといっしょの、エイミー・ウェルズという女の子がやってきていいました。「どうしてここにいるの？　体育館で負《ま》け犬《いぬ》クラブっていうのを始めたんじゃなかったの？」

アレックはにこっと笑いました。「負け犬じゃなくて、負《ま》け組《ぐみ》クラブだよ。ほんとは読書クラブなんだ。先週、ちょっと悪い成績《せいせき》取っちゃって、ペナルティーでここへ来たのさ」そういうと、ラングストンさんに顔を向けました。「あの人、どんな人？」

「とってもやさしいわ。おしゃべりしたり、ふざけたりしなければね。だから、そういうことはしないで。絶対《ぜったい》。決して」

アレックは部屋へ入り、ラングストンさんのところへ行きました。「こんにちは。アレック・スペンサーです」

男の人はほほえんで立ち上がり、アレックの手を取って握手《あくしゅ》しました。まるで、大きなハイイログマと握手しているようです。

「やあ、アレック。ようこそ」

ラングストンさんは机《つくえ》の引き出しをあけ、青い紙を取り出してアレックにわたしました。

「この規則集《きそくしゅう》はもう読んだかもしれないが、またあげとくよ。三列めのこちらから四番めの机にすわりなさい」

部屋は半分くらいうまっています。それぞれの机はかなりはなれています。

アレックは席にすわり、規則集を読みました。放課後プログラム・ガイドブックからの抜粋《ばっすい》でした。

宿題の部屋は、その日の授業《じゅぎょう》の仕上げをする場であり、生徒は自習します。生徒は決められた席にすわります。宿題を終えた生徒は、残りの時間、試験や小テストにそなえて復習《ふくしゅう》をしたり、長期課題や学校プロジェクトに取り組んだりします。残った時間に友だちと遊んだり、楽しみのための読書をしたり、コンピューターを使って遊んだりしてはいけません。携《けい》帯電話《たいでんわ》は使用禁止《しようきんし》です。宿題の部屋の指導員《しどういん》は先生ではありませんが、通常《つうじょう》の勉強の質問《しつもん》には答えてくれます。特別な質問がある場合は、放課後プログラムの監督《かんとく》まで連絡《れんらく》してください。

紙のいちばん下には、手書きでこんなことが書き加えられています。

トイレとおやつ休憩《きゅうけい》の時間……四時から四時十分、五時から五時十分。

アレックは勉強に取りかかりました。家でやっている宿題の進め方と同じです。きらいな教科から始めるのです。アレックはいつも理科から始め、つぎに算数、社会、最後は国語です。始めてから四十分たったころ、アレックは理科の教科書から顔を上げて、ふと思いました。今まで負け組クラブのことを一度も考えなかったな、と。最初は、もうしわけないなと思いました。でも、ここにいたらなんにもしてあげられないんだから、と思い直しました。アレックは肩《かた》をすくめ、勉強にもどりました。放射《ほうしゃ》と伝導《でんどう》と対流はどうちがうのかということについて。

部屋は静か、ほかの子たちは下を向いて勉強し、ラングストンさんは本を読み、ノートを取って――なにもかもまじめできちんとしています。アレックが理科の教科書読みを終え、算数の問題の三分の一を解《と》いたとき、ラングストンさんが立っていいました。

「四時だ。十分以内にもどってくるように」

アレックはトイレに行きたくはありませんでしたが、とにかく歩いていきました。トイレは体育館を通りすぎたところにあります。

今日の三時間めの国語の時間に、アレックはニーナに、今週は放課後どこに行かなければならないか、話しました。ニーナはまばたきするのがやっとでした。

「ケントには『ひとりぼっちの不時着《ふじちゃく》』シリーズのつづきか、自分の好きな本を。どうせ今日とあしたしか、このクラブにはいないんだから」

「わ……わかった」ニーナはやっとのことでいいました。「クラブは、だいじょうぶよ」

もちろん、ニーナはうまくやってくれると信じていますが、アレックはどうしても、体育館をのぞきに行って、自分の目で確《たし》かめたかったのです。

ケースさんはテーブルにいませんでした。でも、それはアレックには関係ありません。体育館の入り口を通りすぎることは、別に規則違反《きそくいはん》でもなんでもないでしょう。ただ、アレックは通りすぎるだけではなく、立ち止まって中へ入り、キョロキョロ見まわしていましたが。

アレックは、初めての惑星《わくせい》におりたった宇宙人《うちゅうじん》みたいな気分でしたが、とってもなつかしくもありました。自由参加のキックベース、チェスボードをはさんで背中《せなか》を丸めるチェスプレーヤー、iPad《アイパッド》にプラグをさしこむ中国語クラブの子たち。先週の金曜日と同じ小さな世界です。今日ちがうところは、アレックという子がいないこと。

でも、そんなことなんの影響《えいきょう》もないように見えます。

いちばんすみっこの二つのテーブルはどうでしょう？　こんなに遠くからでも、おしゃべり三人組がなにかで笑っているのがわかります。もう一つのテーブルの五人は？　いつものように静かに読んでいます。ニーナは前かがみになって、テーブルにひじをつき、あごを両手にのせています。いったいなんの本を読んで……。

ちょっと待て——五人？　アレックは目をこらしてもう一度数えました。だれか新しい子が、ジェイソンのとなり、ケントの正面にすわっています！　やせっぽちの男の子ですが、遠すぎてだれだかわかりません。

アレックは体育館を走っていって、この子はだれだ？　どうしてここにいる？　と聞きたかったのですが、がまんしました。ある意味、そんなに重要なことではないのでしょう。頭の中で、ニーナの声がまた聞こえてきました。「クラブは、だいじょうぶよ」

そのとき、ケントがニーナになにかいって、ニーナがにっこり笑ったのを目撃《もくげき》しました。こんどこそ、走っていってニーナに問いつめたいと思いました。

〈そう、クラブはだいじょうぶだよね。だけど、ぼくたちはだいじょうぶ？〉

でも、「ぼくたち」なんていっていいのかどうかわかりませんし、もしいいのなら、だいじょうぶ？　ってどういう意味になるのでしょう？

けれど、アレックはそんな考えをふり払《はら》い、時計をちらっと見ると、急いで廊下《ろうか》へもどりました。あと三分で、宿題監獄《しゅくだいかんごく》の席につかなければならないのです。

五時に二回めのおやつ休憩《きゅうけい》の時間になると、アレックはまた体育館へのぞきに行きました。ニーナとケントがどうしているか見たいからです。それに、おしゃべり娘《むすめ》たちのことも気になります。さっきはいつもより騒《さわ》がしかったようなのです。

体育館への角を曲がると、こんどはケースさんがテーブルにいるのが見えました。アレックはやっぱりもどろうかと思いましたが、ケースさんと目が合ってしまいました。

そこで、アレックはテーブルまで行っていいました。「こんにちは、ケースさん。ぼく今週は宿題班《はん》なんです。ぼくがいないことに、気がついてないんじゃないかと思って」

ケースさんはにっこりしました。「もちろん気がついていたわ。なんといったって、放課後プログラム史上、初の読書クラブ創立者《そうりつしゃ》なんですもの！」

アレックもにっこり。「そうですよ。ところで、新しいメンバーがいるみたいですけど」

「そうなの」ケースさんはいいました。「エリオット・アーノルド。五年生よ。あなたが今週いないとなると、発表会の計画がおくれてしまわないかしら？　もうすぐなのよ」

アレックは首をふりました。「いいえ、計画はおくれません」

心の中では〈まちがいじゃないさ、計画なんて、もともと立ってないんだから！〉と思っていました。

そして、ケースさんのずっとうしろをながめました。ジュリア・ハンプトンと仲間たちが全然本を読んでいないことは、ここからでもわかります。三人組はテーブルの上でテニスボールをころがして、ミニサッカーのようなことをやっています。静かなほうのテーブルにいるニーナたちは、知らんぷりです。

アレックは、「あの、ケースさん、ぼくちょっと……」といいかけて、やめました。あそこに行ってあの子たちに注意する時間はないのです。宿題の部屋へもどるのに、あと五分もありません。

「ちょっと、なに？」ケースさんが聞きました。

アレックはいいことを思いつきました。「ちょっとたのみたいことがあるんですけど」そういって、二番めのテーブルを指さしました。「あの女の子たち、見えますか？　みんな四年生です。ぼく、読んだ本についての話ならしてもいいよっていったんです。だけど、ただ騒《さわ》いでるだけなので、あの子たちに、なにか本の話をしてもらえませんか？」

「あんまり時間がなくて——」と、ケースさん。

アレックはかぶせぎみにいいました。「昔読んで、好きだった本があるでしょう？　その本を読むようにいってもらえませんか？　ぼくのいうことは聞かなくても、ケースさんのいうことだったら、聞くと思うんです」

ケースさんはどういったらいいか迷《まよ》っていましたが、アレックには、ケースさんが本のことを考えて、思いだそうとしていることがわかりました。

「あの子たちくらいの年のころに、すごく好きだった本はありますか？」と、アレック。

ケースさんはにっこりしました。『『のっぽのサラ』……何回も読んだわ。とってもやさしい気持ちになれるお話で、あ、わたしまだあの本もってる！　でも、どうなのかしら——」

アレックはまたさえぎりました。「すみません、もう行かなくちゃ——おくれたらたいへんなんで！　どうもありがとうございます。その本、あの子たちにぴったりですよ！　きっとうまくいきます！」

そういうと、アレックはケースさんの返事を待たずに、飛んでいきました。

四〇七号教室へもどりながら、アレックはにこにこしていました。ケースさんが実際《じっさい》になにかしてくれるかどうかはわかりません。でも、あの本のことを思いだしたときのケースさんの顔といったら！　もうそれだけで十分です。

アレックが監獄《かんごく》ですごしていた一週間に、なぜかいいことがどんどん起こりました。水曜日には、アレックは算数のテストで、九十七点という自分史上最高点を取りました。理科では熱《ねつ》伝導《でんどう》について、とくに地球の大気について、完璧《かんぺき》に理解《りかい》できましたし、楽しくなってきました。試験ではAを取りました。おまけに、宿題の部屋であまった時間には、アフリカの砂漠《さばく》についての社会科の大きなレポートのための下書きを、ほぼ終えました。しめきりは十一月でまだ先なのですが。勉強がすべてうまくいっているだけでなく、夜、家で、静かに読書を楽しむ時間もあります。

アレックはルークのクラブ設立《せつりつ》に関する冒険談《ぼうけんだん》も、その週ずっと聞いていました。負《ま》けチビに入った人の数は、最初の五日間で十一人になりました。カフェテリアでは最大のクラブになり、テーブルが二台にふえました。ルークは、本についておしゃべりしたい子たちがいたとき、お兄ちゃんはどうしたの？　と聞いていたので、テーブルを別にするという対応《たいおう》ができたのです。そんなアドバイスしたっけと、アレックは思いだせませんでした。

父さんと母さんは、アレックは読書クラブを休まなければいけなくなったけれど、一度も不平をいっていないなと、気づいていました。その週の金曜日、晩《ばん》ごはんのときに週間成績表《せいせきひょう》を開くと、成績はびっくりするくらいよくなっていました。図工をのぞく十教科で、全部十をもらったのです。図工のボーデン先生だけは九をつけました。

母さんがいいました。「すばらしいわ、アレック！　コピーを取って、バンス校長先生に送りましょう。こんなに進歩したって、喜んでくださるわ！　それで……もしかしたらだけど、六年生になってからこっち、あなたは今週がいちばんいきいきしていたように思えるの。新しいプログラムはとてもうまくいっているわ。だから、これからもずっと宿題班《はん》にいたらどうかしら？　読書クラブのことは忘《わす》れて」

アレックはこの議論《ぎろん》から抜《ぬ》け出《だ》すために、また闘《たたか》わなければなりませんでした。ええ、実際《じっさい》闘いましたよ。こんな約束をして、やっと勝ったのです。

「こういうのはどう？　これからは、どの教科でも毎週九以上を取る。そうでなかったら、また宿題班《はん》にもどる！」

父さんと母さんはこれで納得《なっとく》しました。なかなかたいへんな約束ですが、これで体育館にいられるのだったら、がんばろうと思えるのでした。

というのも、アレックは負け組クラブを手放したつもりは、さらさらなかったからです。宿題の部屋にいたときにも、おやつ休憩《きゅうけい》の時間に、新しいメンバーをさそっていました。算数でいっしょのエイミー・ウェルズです。エイミーは木曜日には宿題班を休んで、負け組クラブに参加しましたし、もう一人の六年生ロブ・ベルウィンも、金曜日にエイミーについていきました。

金曜日には、ほかにもちょっとしたことが起こっていました。

五時の休憩時間に、アレックが宿題の部屋を出ると、廊下《ろうか》でリリーが待っていました。なんだかあわてたような、興奮《こうふん》しているような感じで、ロッカーの前で飛びはねそうです。

「クラブはだいじょうぶ？」

リリーはもうじっとしていることができません。「だいじょうぶ？　うーん、まあそうね、でもこれ、すごいの、それで……」

宿題班の子たちが、二人をじろじろ見ているので、アレックはいいました。「わかったから、落ちついて、落ちついて……よしよし。じゃ、話してごらん」

リリーは大きく息をすると、話しだしました。

「今日ね、一時間くらい前かな、ケースさんが来たの。あたしたちのテーブルじゃなくて、もう一つのほうに。てっきり、あの子たち遊んでるだけだから、注意しにきたんだと思ったの。そしたらケースさん、すわって、ジュリアとサラとエレンに本をわたしたの。それで、ジュリアたちが読みだすまで、そこにずっといてくれたのよ！　すごくない？」

アレックはおどろいたふりをしました。「うわあ、なんてやさしい人なんだろう！」

リリーは何回も何回もうなずきました。「そう、そうなの！　それで、なんの本をわたしたと思う？　『のっぽのサラ』！」

アレックはまた、おどろいたふりです。「いい本だよ！」

リリーは急にまじめな顔になって、いいました。「そう、それでね……あの、あたしもいっしょに読みたいなって。去年ね、ブックフェアであの本買ったんだけど、まだ読んでなかったの。だから、グループで読んだらおもしろいだろうなって思って――ケースさんがいてくれたら、とくに。で……あたし、そっちのテーブルに行ってもいいかな？　少しのあいだだけ……どう思う？」

「いいと思うよ、うん、行きなよ！」

「よかった。アレックに聞いてほしかったから。じゃ、またね！」リリーはくるっと背《せ》を向けて、体育館にかけていきました。

金曜日の夜、アレックはベッドに寝そべりながら、宿題班《はん》での五日間はよかった、本当によかったと、認《みと》めていました。じつは、この一週間、いろいろなことから解放《かいほう》され自由になっていたのです。成績《せいせき》を心配することもなく、クラブの心配をすることもなく、ケントと角《つの》をつき合わせることもなく……ニーナからも自由でした。とはいっても、ニーナからは、こんなにはなれて自由になるのは、いやでしたが。

アレックが体育館にいなかったことで、ほかの人にもいい影響《えいきょう》があったことは確《たし》かです。ケースさんもそうですし、リリーにも。

けれど、あのクラブを作ったのはアレックですし、あそこが自分の居場所《いばしょ》だという気持ちに変わりはありません。

だんだん眠《ねむ》りに落ちながら、アレックは、早く週末がすぎないかなと願っていました。早く月曜日になって、自分の人生にもどりたいと思うアレックでした。

三台めのテーブル

アレックが宿題班《はん》からもどってくると、負《ま》け組《ぐみ》クラブには怒濤《どとう》のごとく新メンバーが入ってきました。おもに、スポーツ班はもういいや、という子どもたちです。二人のおしゃべり娘《むすめ》たちは、それぞれスポーツ班から一人ずつ女子をさそいましたし、ジェイソンはいっしょにやりたいという男子を二人見つけました。アレックがいないときに加わった男子と、その一週間後に加わった男子、両方とも五年生です。

その女子三人と男子二人に加えて、アレックが宿題班から六年生を二人つれてきたので、合計十四人になりました。そのうち約半分はおしゃべりテーブルにいますから、本を読みたい子には、まだスペースの余裕《よゆう》はありました。十月七日の火曜日まではこんなぐあいでした。

その日、ついにデーブ・ハンプトンがケント・ブレアのもとを去りました。デーブはほかに三人、女子二人と男子一人をつれて、アレックのテーブルに来ました。この四人は、負けることにうんざりしています。

アリー・シェパードという女の子が、簡単《かんたん》に説明しました。「キックベースをやるときには、毎回新しいメンバーでチームが三つできるの。公平に見えるでしょ、でもちがうの。だって、最初に選ばれるのは、いつだってケントよ。そりゃ、だれよりもうまいものね。つぎに、ケントがそこそこうまいメンバーを何人か選ぶから、いつだって勝つわけ！」

デーブがアレックに笑いかけました。「おかしいだろ？　負け組クラブになんか入りたくなかったのにさ、あれから一か月も毎日毎日負けつづけて。ケントのチームに入った日以外はね。だから、ちょっとほかのところも体験してみようかと思ってさ。だけど……妹のそばにはすわりたくないな」

アレックはできるだけ、ケントのことは見ないようにしていました。ほとんどは、それでうまくいっていました。それに、負け組クラブで五日間すごしてからは、ケントは前ほどアレックのことをからかわなくなっていました。

けれど、なるべく接触《せっしょく》しないようにしていても、アレックはどうしても、スポーツ班《はん》は今どうなっているのか、のぞいてみたくなります。負け組クラブやほかの文化クラブに人がふえているということは、スポーツ班の人数がへっているということです。この日、デーブがほかの三人といっしょに抜《ぬ》けたので、スポーツ班はたったの十四人。かろうじて少人数のチームが二つできるだけです。

デーブやその友人たちと同じように、ジェンソンさんも、ケントのチームばかりがキックベースで勝つのはどうかと思いました。そこで、キックベースはやめさせて、ウィッフルボール（アメリカで人気の草野球のようなもの。穴《あな》のあいた空洞《くうどう》のプラスチック球を、プラスチック製《せい》の細いバットで打つ）の道具をわたしました。

ケントはもうキックベースのキングではありません。ウィッフルの魔術師《まじゅつし》です。アレックはケントのようすをながめました。細長く黄色いバットをかまえて、ホームプレートに身をかがめ、バットをふってカーン！　と打ちます。かまえは完璧《かんぺき》、スイングは速く、ふり切ったあとの形もすばらしい。プロ野球の打者みたいです。そしてキックベースのときと変わらず、ケントのチームはいつでもチャンピオンズと呼《よ》ばれるのです。実際《じっさい》、毎日勝っているのですから。

〈チンピラーズとか、チンパンジーズのほうが似合《にあ》ってるよ！〉

自分でもうまいこと考えたと、アレックはにやっとしましたが、その考えは急いでひねりつぶしました。名前をいじって遊ぶのはやめようと思っていたからです。

ウィッフルボールのいいところは、ケントがどんなに強く打っても、プラスチックの球は軽くて、クラブのテーブルには絶対《ぜったい》に飛んでこないことでした。

十月八日水曜日の放課後、アレックは体育館に入ると、テーブルへは行かずに、用具倉庫へ向かいました。

ウィルナーさんは小さな作業机《さぎょうづくえ》でノートになにか書いていましたが、アレックが来るのを見ていいました。

「やあ、クラブの調子はどうだい？」

「はい、うまくいってます。でも、テーブルがもう一台必要なんです！」

「すごいな――ただ、三十分ばかり急いでやらなくちゃならないことがあるから、待っていてくれるかな。もしほかに手伝ってくれる人がいれば、カフェテリアへ行って、一台ころがしてくればいい。ただし重いからゆっくり、気をつけるんだぞ」

「わかりました」アレックは、ウィルナーさんが終わるまで待とうと思いました。

ちょうどそのとき、ウィッフルボールを打つ、カーンというするどい音が聞こえました。見ると、もちろんケントでした。ほかの子たちが来るまで、打撃練習《だげきれんしゅう》をしながら待っているのです。

アレックはちょっと笑《え》みをうかべて、「そうだ」と思いました。そして、長い三塁線《さんるいせん》にそって、ホームまでかけていきました。

「おーい、ケント、ちょっと筋肉隆々《きんにくりゅうりゅう》のやつに手伝ってほしいことがあるんだ……だれか知らない？」

ケントはバットのかまえをやめて、球を見のがしました。「おう、目の前にいるじゃんか！なにをするんだ？」

「カフェテリアから、もう一台クラブのテーブルをころがしてこなくちゃいけないんだ。手伝ってくれる？」

ケントはまゆをひそめました。アレックのやつ、負け組クラブの人数がふえて、スポーツ班《はん》の人数がへってきたことを、からかってるんじゃないのか、と思ったのです。けれど、そんなふうには見えません。アレックはただ、力持ちの子に手伝ってほしいといっているのです。

「わかった、行こう」ケントはいいました。それで、二人は体育館から出ていきました。

最初の角を曲がったとき、ケントがいいました。「近ごろ、負け組たちがわんさか来てるみたいだな」

アレックは肩《かた》をすくめました。「うん、どんどんふえてる。うそみたいだよ。おまえがクラブにいたとき、おしゃべり三人娘《むすめ》がいたの、覚えてる？　あの子たち、友だちもつれてきたんだけど、これがまたうるさくてさ、とうとうケースさんが来て、むちをふりおろしたんだ」

正確《せいかく》にいうとちょっとちがいますが、物語的にはおもしろくなっています。

カフェテリアに着くと、アレックはルークの気を引こうとしました……が、だめでした。ルークはまたアニメクラブにもどっていて、iPad《アイパッド》にかじりついていました。体を前後にゆらしながらキーボードをたたき、コンピューターの世界に没頭《ぼっとう》しています。けれど、ルークがいなくても、負《ま》けチビたちは平気でした。読書クラブのテーブルは二つともほぼ満員でした。

折りたたみ式のカフェテリアのテーブルは、幅広《はばひろ》のゴムの車輪がついているので、タイルの床《ゆか》をなめらかにすすみますが、ただとても重いのです。二台めのテーブルを運んできたとき、ウィルナーさんはどんなにたいへんだっただろうと、アレックは思いました。

アレックはケントにいいました。「うしろから押《お》したい？　前で方向を取りたい？」

「前」ケントがいいました。

体育館への道のりは、ふだんの倍はあるかのようでした。最後の角を曲がったとき、アレックがいいました。「ちょっと待って」

「どうした？　疲《つか》れたのかよ？」ケントの声はからかっているように聞こえます。

アレックはそれは気にしないでいいました。「ああ、すっごく疲れた。暑くてのどもかわいた。みんながみんな、スーパーマンじゃないんだからな」

アレックは廊下《ろうか》にすわり、ロッカーにもたれました。金属《きんぞく》の冷たさがいい気持ちです。

ケントがやってきて、前に立ちました。「おまえ、ふだんから運動したほうがいいぞ」

「ああ、そうだろうな」それは本音でした。もうへとへとです。「一分くらい休ませて。そしたらよくなるよ」

「いいよ、好きなだけ休めよ」ケントも少しはなれてすわりました。そして、いいました。「賭《か》けに負けたときさ、おまえが宿題班《はん》のほうへ行っちゃって、そのあいだにおれ、スポーツ班にもどっただろ？　でもさ、ほんとは『ひとりぼっちの不時着《ふじちゃく》』のこと、おまえと話したかったんだ。あのシリーズはすごいよ。全巻《ぜんかん》読むまでやめられなかったもん」

「そうだろ！」アレックはいいました。「あれは全部おもしろいよ。レブロンの木はどうだった？　クールだっただろ？」

ケントはうなずきました。「すっげえクールだった！」

アレックはレブロンのことをもっと話そうとしたのですが、ケントは別のことをいいたいようです。ケントは背中《せなか》を丸め、あごをつき出しました。アレックは、どうしたのかと緊張《きんちょう》しました。

ケントはゆっくり話しだしました。「おれの親が離婚《りこん》したの、知ってたんだろ？　だから、まず初めに『ひとりぼっちの不時着』を読ませたんだろう？」

ケントの質問の意味がわかると、アレックは胸《むね》が苦しくなってきました。まるで、胸に大きな石が落ちてきたみたいで、息をするのもやっとです。

四年生のときに初めて『ひとりぼっちの不時着』を読んでからというもの、この本は完全に、アクション満載《まんさい》の冒険《ぼうけん》ものだと思っていました。それが離婚《りこん》って？　そういえば、親の離婚は物語の大きな部分を占《し》め、主人公の考えや感情《かんじょう》に多大な影響《えいきょう》を与《あた》えています！　主人公の少年は、親の離婚で心が引きさかれました。そういう本を読んで、ケントはどういう気持ちになったのでしょう。とくに、アレックがわざとこの本を読ませたと思っているとしたら？　アレックは廊下《ろうか》のタイルの下に消えてしまいたい気持ちでした。

アレックはごくりとつばを飲みこみました。「ぼく知らなかったんだ。今聞いて、すまないと思ってる。もし知ってたら、こんな本、読ませたり——」

ケントがわって入りました。「いや、いいんだ。読んでよかった。だけど、おまえがこの本を選んだのは、自分が好きな本だからだってわかって、うれしいよ。おれをきらってるから、わざと選んだわけじゃないんだな」

アレックは、どう受け止められるか不安でしたが、とにかくいってみました。「おまえをきらいになったことなんか、一度もないよ。ぼくをからかってくることだけが、いやだったんだ」

ケントはうなずきました。「ああ、わかってる。とにかく、あの本のシリーズ、気に入ってていいたかったんだ」そして、立ち上がりました。「もういいか？　あとはおれが押《お》していく。早くもどって、チームメンバーを選ばなくちゃ」

「うん、もうだいじょうぶ。手を引っぱって」

アレックが手をのばすと、ケントが引っぱって、立ち上がらせました。

二人はそのままだまってすすみ、体育館の床《ゆか》を四分の三ほど来ました。

「で、この怪物《かいぶつ》、どこにおく？」ケントがいいました。

「二台めのテーブルから、五、六メートルはなした壁《かべ》ぎわ……そう……ここ。オッケー。あとはウィルナーさんに、広げるの手伝ってもらうから、もう終わり。どうもありがとう」

「ああ。もう三台必要になったら、また手伝ってやるよ。気が向いたらウィッフルボールもやりにこいよ。本格的《ほんかくてき》に教えてやるから！　体もきたえたほうがいいぜ」

アレックはにやりと笑いました。「おまえも、その筋肉《きんにく》を少し休ませようと思ったら、ここに来てすわればいいよ。場所は取っておくから。前におまえがすわってたところに、ブロンズの盾《たて》をおいとくよ。ぼくたちがどんなにクールか、みんなにわかるように！」

二人とも大笑いしました。

それから、ケントがいいました。「あのさ、おまえの弟にあやまっといてくれるか？　おまえがホームランをけったつぎの日、おれ、あの子を壁《かべ》に押《お》しつけちゃったんだ。ひどいことをしたよ」

「わかった、いっとくよ」

「たのむな」それからケントは、アレックを横目で見ました。「おれ、たぶん、これからもおまえのこと、本の虫っていうと思うぜ。だってそのとおりだもんな！」

アレックは肩《かた》をすくめました。「どうぞご自由に——ちっとも気にしないから」

「ほんとか？　それはまた——なんで？」

「だって、ケントこそ、本の虫じゃないか！」

ケントは笑って、アレックの腕《うで》をすばやくパンチしました。軽いとはいえないパンチです。

でも、アレックにとっては、心地《ここち》いい痛《いた》さでした。

現実《げんじつ》の生活

三台めのテーブルは、少しだけしゃべるテーブルにする予定です。それで、うるさい子たちからは五、六メートルもはなしたのです。アレックはまだ、クラブの人数が多すぎるなど複雑《ふくざつ》な思いでいましたが、少なくとも、これで広く分散できます。

今のところ、おしゃべりテーブルには六人います。ケースさんが関わってきてくれてからは、実際《じっさい》に本を読むことが多くなってきていますが、ケースさんが話しにきてくれるのは週に一、二度だけ。そうでないときは、うるさいおしゃべりです。たいていは本についての楽しくて実り多いおしゃべりですが、うるさいことはうるさいのです。そのおかげで、リリーは『のっぽのサラ』をグループで読み終わると、すぐに静かなテーブルへもどってきました。

三台めのテーブルが設置《せっち》されて、クラブのメンバーがすべて自分の場所へ落ちつくと、アレックはすみっこのテーブルのいつもの席にすわりました。新しい本をもうすぐ読み終わりそうなのです――新しいというのは、アレックにとって、という意味です。

この本は母さんの古いペーパーバックで、『狼《おおかみ》とくらした少女《しょうじょ》ジュリー』という題です。主人公はエスキモーの少女で、村から逃《に》げ出《だ》しました。アレックは『ひとりぼっちの不時着《ふじちゃく》』を思いだしましたが、ブライアンよりこの少女のほうが、自然の声に耳をかたむけています。そして、オオカミとともに暮《く》らすすべを学ぶところは、『野性《やせい》の呼《よ》び声《ごえ》』を思い起こさせます。アレックは母さんに強くすすめられてこの本を読み、とても気に入りました……が、読み終わったら、すぐに大好きな二冊《さつ》にもどって読み返したいと思っています。

このあいだ、ニーナが『狼とくらした少女ジュリー』を指さしていいました。

「アレックがこの本を読んでるのはうれしいわ。手に取ることもしない男子もいるから」

ニーナは気分がよくなることをたくさんいってくれます。アレックは本のウジ虫でもないし、負け組でもないと、感じさせてくれるのです。ニーナはぼくのことが好きなんだと、ますます思えてきます。男として。そして、友だちとして。

アレックはしおりをはさんだところを開き、少女とオオカミたちの凍《こお》りついた世界に飛びこんでいきました。

五分ほど読んだとき、テーブルが動くのを感じました。アレックは見なくても、ニーナが本のかばんに手をのばしているのだとわかりました。

それでも、見てみました。ニーナはアレックの視線《しせん》に気づきました。二人のあいだには、ジェイソン、リリー、新しい子エリオットの三人が、すわって本を読んでいます。ニーナはちょっとほほえむと、小さく手をふりました。

アレックもにこっとして、手をふりました。そのちょっとした動作のあいだに、とても強い感情《かんじょう》におそわれました。ある願いで心があふれ、突然胸《とつぜんむね》がぎゅっとしめつけられたのです。まさにこの瞬間《しゅんかん》を冷凍保存《れいとうほぞん》して、いつでも思いだしたいと心から願いました。そばにいるのに、はなれてる……幸せなのに悲しい……かしこいのにバカ——全部いっぺんに感じる、そういう瞬間です。

クラブを始めたおかげで、アレックの生活に、さまざまな新しい経験《けいけん》が飛びこんできました。アレックは、本のことで今まで気がつかなかったことに気づくことができました。それはとても基本的《きほんてき》なこと、本はいつも変わらない、ということです。

序盤《じょばん》、中盤ときて、何ページも先の未来に、結末があります。本はただじっとして、いつでも同じ状態《じょうたい》でそこにあります。ことばがつぎつぎにならんだまま、待っています。本はとても信頼《しんらい》でき、とてもきちんとしています。そこでアレックは思いました……現実《げんじつ》の生活とは全然ちがう、と。

いい例がニーナです。

ニーナの序盤《じょばん》――出会った日。

ニーナの中盤――それからのいろいろなこと全部が、校庭で舞《ま》う枯《か》れ葉《は》のようにくるくるまわっています。

ということは、いつか結末が来るのでしょうか？　アレックとニーナの物語に結末が？　それともこの物語は、フィクションにすぎないのでしょうか？

現実《げんじつ》の生活って……すごくめんどくさい。

アレックはそうひとりごとをいいました。すると、すぐにこんな質問《しつもん》がうかびました。

〈だけど、めんどうだからこそ、こんな気持ちになるんだとしたら、それはそれでいいんじゃない？〉

アレックには答えはわかりませんでした。そこで、ただ深く息を吸《す》って、ゆっくり吐《は》き出《だ》しました。

そうして、また本にもどっていきました。

反《はん》乱《らん》

五日後の月曜日の放課後、おしゃべりテーブルにすわっていた負《ま》け組《ぐみ》クラブのメンバーが、立ち上がって、静かなテーブルへやってきました。少しだけしゃべるテーブルからも三人来ました。リーズという女の子が、話す役になっているようです。

「あの、アレック？　このクラブの名前、変えてもいいですか？」

アレックは『華氏《かし》４５１度《ど》』を読んでいました。父さんが、この本はレイ・ブラッドベリの最高傑作《けっさく》だといったからです。本を所有することすら、法律違反《ほうりついはん》だとされる未来が舞台《ぶたい》です。アレックは物語に深くのめりこんでいて、女の子のことばをほとんど聞いていませんでした。

「なに？」

リーズは質問《しつもん》をくり返しました。

「名前を変える？」アレックはリーズを見つめました。「どうして？」

「それは、来週の月曜日、放課後プログラムの発表があるでしょう？　みんなのお父さんやお母さんが来ますよね？　学校じゅうのみんなも」

「うん……それで?」と、アレック。

ハリソンという新しいメンバーが、口をはさみました。「ぼく、負け組のためのクラブに入ってるなんて、パパに思われたくないよ!」

ほかのみんなは、うんうんとうなずきました。

アレックは一人ひとりの顔を見わたしました。「そんなことを思ってるの? このクラブは負け組のためのクラブだって。きみたちは負け組だって」

ジュリア・ハンプトンがいいました。「ううん……思ってない。だけど、名前がそういってるわ、負け組だって!」

またもや、うんうん。

ジュリアがさらにいいます。「ケースさんも、名前を変えるのはいい考えだっていってるの。この前いっしょに本を読んだときに、もっといい名前をつけられたらいいわねって、いったのよ。発表会のために」

アレックは、〈まいったなあ、ケースさんか——考えとくべきだった!〉と思いました。

ケースさんがおしゃべり娘《むすめ》たちを本に向かわせてくれたことには感謝《かんしゃ》しています。そのおかげで、アレックがあの子たちの扱《あつか》いに頭を悩《なや》まさなくてもよくなったのは確《たし》かなんです。でも、ケースさんは最初から、このクラブ名には反対でした。

リリーがかん高い声でいいました。「あたしはこの名前、好きよ――独特《どくとく》じゃない！」

ジェイソンもいいました。「そうだよ――なにがいけないんだい？」

ニーナがこの場にいてくれて、応援《おうえん》してくれたらいいのにと、アレックは思いましたが、今はいません。ニーナはケントの鼻っ柱を折ってやったので、そろそろ読書の前に運動をしてもいいころねと、アレックにいってありました。毎日ではなく、たまにならね。それで今日、ニーナはウィッフルボールのコーナーで、バッティングをしているのです。

リーズがいいました。「それから、発表会には、なにをするんですか？　ほかのクラブのみんなは、なにか準備《じゅんび》してます。中国語クラブは劇《げき》をするし。でも、あたしたちはなんにもやってないでしょう。学校じゅうのみんなが見にくるんですよ。あたしたちも、なにかやらなくちゃ！　名前も変えてください！」

アレックは長いこと、リーズを見つめていました。

〈このクラブはぼくが作った、ぼくのクラブだ。名前が気に入らないんだったら、さっさとやめて、自分のクラブを作ったらいい。「カッコイイ勝《か》ち組《ぐみ》クラブ」とか、「どうにも止《と》まらない堂々《どうどう》たるドヤ顔《がお》クラブ」とかね！　いいかい、ぼくが思うに、きみたちはみんな負け組だ！

それにおくびょう者だ！　ぼくのクラブからは、全員追い出したほうがよさそうだな！　ただのまねごとだろ……本の虫の——根性《こんじょう》なしの本の虫ケラだ！〉

アレックは頭の中でこう叫《さけ》んでいました。それから、いつも自分に向けて投げつけられていたレッテルと同じ、〈本の虫〉ということばを使ったことに、ショックを受けました。

もう少し考える時間が必要です。ニーナとも話したくてたまりません。

でもそのとき、アレックは思いました。

〈いや、このクラブを始めたのはぼくなんだから、自分でなんとかできるはずだ。それに発表会のことは、ニーナには負担《ふたん》にならないようにするって、約束したじゃないか〉

もちろん、読書感想文というアイデアはだめです。くだらない発表会のことを、いちいちいわれないための、口から出まかせにすぎなかったからです。負け組クラブはどのクラブよりも人数が多く、スポーツ班《はん》全体よりも大所帯《おおじょたい》なんです！　来週の月曜日の夜までに、すてきな発表を考えつかなかったら、メンバーみんながバカみたいに見えるでしょう。いえ、いちばんのバカはアレック、ということになってしまいます。

アレックは紙を一枚《まい》と鉛筆《えんぴつ》を一本出しました。「きみたちのメールアドレスを書いてくれる？　ほかのみんなのアドレスも、ぼくに教えていいかどうか聞いてきて……くれるかな。そうしたら、今夜、みんなにメッセージを送るから」

みんなはアレックにいわれたとおりにして、それぞれの席にもどっていきました。だれも文句《もんく》はいいませんでしたが、すぐに答えてやらなかったのは不満だろうなど、アレックにもわかりました。

アレックはまた本を開きましたが、内心まだムカムカしていて、同じところを何回もくり返して読んでいました。

ほんの二、三か月前には、アレックは新しい本に向かって飛んでいき、両足でそこに着地して、何時間でも、何日でも、幸福にひたっていられました。いい本は無限《むげん》にあり、本から本へ飛《と》び移《うつ》ることが、楽しくてしかたがありませんでした。本は流れの急な川をわたる飛び石のようなもので、アレックの足はぬれたことはありませんでした。ところが今、川の水かさが増《ま》していいます。川は人生です。アレックは今にもおぼれそうなのです。

数分後、ニーナがやってきました。アレックが本をにらんでいるようすをひと目見て、ニーナはいいました。「どうかしたの?」

アレックは二台め、三台めのテーブルに顔を向けました。「みんながクラブの名前を変えたいっていうんだ」

「へええ――変えるつもり？」

アレックは肩《かた》をすくめました。「今夜、メールを送るよ」

「少し話す？」と、ニーナ。

アレックはほほえんで首をふりました。「まず自分で考えるよ。ありがとう」

「いつでもいって」ニーナは本気で相談にのるつもりですが、アレックはやはり自分で考えようと思いました。

アレックはレイ・ブラッドベリの小説を開いて、目はそっちに向いてはいますが、頭の中ではニーナのことを考えていました。ニーナは変わったな、と。でも……本当にそうでしょうか？　アレックがそう感じているだけかもしれません。いえ、きっと……ニーナが変わっただけではないのです。すべてが変わってしまったのです――本さえも。

アレックにとって本を読むということは、今までは、だれにもじゃまされない場所を見つけることでした。本を読んでいればだれも話しかけてこないし、やらなければならないことを忘《わす》れていられたのです。でも今は？　本のおかげで考えることが山ほどできたのです。自分自身のこと、ニーナのこと、みんなのこと、まわりの世界のこと。

『シャーロットのおくりもの』も、もう古くさく思えてきました。以前はおもしろおかしいところが大好きで、今でも自然に笑ってしまいますが、それより今この本を読むと、現実《げんじつ》の生活のこと、自分の家族のことに思いがいたります。農場や納屋《なや》や品評会《ひんぴょうかい》についても、今では全部感じ方がちがっています。なにもかもが変わっていき、止めることはできないのだと思えるようになりました。季節も、成長することも、死ぬことでさえもそうです。この本で本当の友情《ゆうじょう》についても、考えるようになりました。

アレックはまたニーナのことを考えてみました。

アレックはニーナのことが好きです。そこには、くだらないとか、夢《ゆめ》みたいとか、バカみたいとか、そんな思いはありません。今でもいい友だち同士ですが、できれば、ニーナにもっとアレックのことを好きになってもらいたいと思っています。

でも、九月に自転車でニーナの家へ行ったときのような気持ちではありません。あのときのことは、アレックが自分自身にお話ししようとしたファンタジーだったのです。フィクションだったのです。今ではすべてが現実になりました。

負け組クラブの二つのテーブルから笑い声が起こり、アレックはハッとわれに返りました。きっと自分のことを笑っているんだと思いました。どうでもいいクラブに、バカな名前をつけてムキになっているって。

〈どうでもいいクラブなんかじゃないし、バカな名前でもない！〉

アレックは心の中でそう叫《さけ》びました。本当にそう思っています……が、それを証明《しょうめい》できる方法はあるでしょうか？

アレックにはわかりませんでした。

すごいアイデア

「バター取ってくれる？」

母さんは、テーブルごしにバター入れをアレックにわたしながら、いいました。

「来週の月曜日の学校公開日について、今日、学校からメールをもらったわ。今年は放課後プログラムの発表会もその日にするんですってね。いいじゃない？」

「よくないよ」アレックはいいました。「すごくたくさんの人が見にくるってことなんだよ。ケースさんがいってたけど、学校の都合でそうなったんだって」

「そうだとしても、いいことだと思うわ」と、母さん。

アレックは肩《かた》をすくめていいました。「まあね」

父さんが話題を変えようと、わりこんできました。「『華氏《かし》４５１度《ど》』はどのくらい読んだ？　もう読み終わったか？」

アレックは首をふりました。「半分くらい。すごくいい本だよ。でも……いつかあんなことが起こると思う？　本を読んだり、もってることも法律違反《ほうりついはん》になるなんてこと？」

「今でも、政府《せいふ》が国民の読むものを制限《せいげん》している国はたくさんあるぞ」父さんがいいました。

「テレビとかラジオとか、インターネットにアクセスすることもね」母さんがつけ加えました。『本泥棒《ほんどろぼう》』に出てくるように、ナチスが町じゅうで本の山を燃《も》やしたこともあったでしょう？　同じことよ。過去《かこ》に起こったことは、これからだって起こりえるの」

ルークが物知り顔にうなずきながら、だれにともなく「独裁者だ《どくさいしゃ》」というと、ゴルフボールほどのラザニアのかたまりを、口に押《お》しこみました。

「そう」と、父さん。「独裁者は統制《とうせい》する力を失うことをいつでも恐《おそ》れているからね。だが、必ず失うことになる」

アレックはあたたかいイタリアパンにバターをぬり、ひと口かじりました。と、そのとき、こんな考えがアレックを打ちのめしました。ガーンと。

〈今日の放課後、ぼくはみんなに、クラブの名前は絶対《ぜったい》に変えないぞっていいたかった。それって、独裁者じゃないか！　てことは……ぼくは統制する力を失うことがこわいのか？　または、尊敬《そんけい》を失うこと？　それとも、ケントとくりひろげてきた、へんてこな闘《たたか》いでの勝利を失うこと？　それとも、友だちとしてのニーナを失うこと？〉

アレックは「失う」ということばを、頭の中で四回もつづけて使いました。そのことで一つのアイデアが生まれ、大きくふくらみました。そして、アレックの心のどまん中に着地したのです。

アレックはいすを押《お》しのけました。「お皿、そのままにしといて。ちょっとやらなくちゃならないことがあるんだ」

母さんは首をふりました。「晩《ばん》ごはんは食べてしまいなさい！」

アレックは口答えせず、三分でごはんをきれいに平らげました。「もう失礼してもよろしいですか？」

よろしいといってもらえたアレックは、七時半までに、負《ま》け組《ぐみ》クラブの十七人のメンバーに送るメールを書き上げました。

こんばんは。クラブ名の変更《へんこう》のことですが、来週の月曜日の発表会のあとにのばしてもらってもいいですか？　つぎの火曜日の放課後、投票で決めましょう。多数決で決まった名前なら、ぼくはどんなものでも受け付けます。発表会の内容《ないよう》については、一つアイデアがあります。そのためにみんなにアンケートを取る必要があります。できれば今夜、おそくともあしたの夜七時までに、メールで回答を送ってください。

そのあとには、どんな内容《ないよう》のことを送ってほしいのか、書きました。

きっとみんな、ぼくの頭がおかしくなっちゃったと思うだろうな……ニーナだって。でも、アレックはかまいません。発表会になんにも準備《じゅんび》していなくてバカみたいに見えるのは、アレックだっていやでしたから。みんながいうとおりにしてくれれば、すごくいい発表になることうけ合いです。ええ、そう確信《かくしん》しています。

それから、ルークにかなり手伝ってもらうことになります。この計画には、コンピューターやプリンターの技術《ぎじゅつ》が必要だからです。

つぎに、必要な材料をざっと書き出してみました。それを見ると、父さんと母さんの仕事部屋にあるものでまかなえそうです。そこは問題ありません。

いちばんの問題は時間です。来週の月曜日の夜八時なんて、あっというまに来そうです。

アレックはメールを書き上げ、みんなのメールアドレスを三回確《たし》かめました。メールの文章は四回読み直しました。そして、深呼吸《しんこきゅう》を一つすると、送信ボタンを押《お》しました。パソコンがシューッと音を立て、メールは飛んでいきました。

くよくよ考えるのはもうやめです。仕事に取りかからなければなりません。

どんないい本より

いよいよ学校公開日になりました。母さんとルークが三年生の教室を見学しているあいだ、アレックと父さんは、いっしょに六年生の教室を全部見てまわりました。

社会、算数、国語――アレックは教室から教室へ、重い足取りで歩きまわりました。すわったり、立ったり、話しかけられればうなずき、ときどきにっこり笑って。けれど、人の話はほとんど耳に入ってきませんでしたし、口がカラカラだということしか考えられなくて、何度もつばを飲みこみました。八時が近づくにつれて、気分はさらに悪くなっていきました。

ようやく教室見学が終わりました。父さんとアレックは、職員室《しょくいんしつ》の前で母さんとルークと落ち合いました。ちょうどそのとき、バンス校長先生の校内放送が始まりました。

「体育館に軽食のご用意がございますので、みなさんどうぞいらしてください。放課後プログラムの発表もあります」

かなりの数の親子が玄関《げんかん》を出て帰宅《きたく》するのを見て、アレックはほっとしました。それでも、体育館へ通じる廊下《ろうか》はぎゅうづめでした。

家族といっしょに体育館の入り口から入ると、体育館はいつもよりせまく見えました。アレックはどうしてだろうとしばらく考えて、やっとわかりました。西の壁《かべ》に取りつけられている折りたたみいすが広げられていたからです。わずか数分で全席うまってしまいそうです。

八時十五分になると、ケースさんが立ち上がって、放課後プログラムの監督《かんとく》であるという自《じ》己《こ》紹介《しょうかい》をし、短く歓迎《かんげい》のことばをのべました。それから、こういいました。

「では、これから発表会をおこないますので、放課後プログラムのみんなはいつもの場所へ移《い》動《どう》してください。でも、体育館での活動を発表する前に、ジェームズ・ラングストンさんをご紹介《しょうかい》いたします。彼《かれ》は宿題班《はん》で、毎放課後生徒たちの手伝いをしています。ここにいるのが宿題班の生徒たちですね。ラングストンさんから、ごあいさつです」

ケースさんはマイクをわたそうとしましたが、ラングストンさんはいらないと手をふりました。

ラングストンさんが体育館を見まわすと、みんなはしーんと静かになりました。ラングストンさんの威圧感《いあつかん》は、アレックだけでなく親たちにも効果《こうか》がありました。

ラングストンさんはせきばらいすると、大きくはっきりとした声で話しはじめました。壁にひびいてこだましてきそうです。

「宿題の部屋へ来る子どもたちは、毎日熱心に勉強しています。見ていて気持ちのいいものです。今夜はとくにお見せするものはありませんが、十二月に成績《せいせき》が発表されたら、この子たちの成績と、学校全体のそのほかの子どもたちの成績を比《くら》べてみるつもりです。この子たちは放課後を有効活用《ゆうこうかつよう》しており、また、優秀《ゆうしゅう》な成績をおさめるために、互《たが》いに助け合っているのです。以上です」

大きな拍手《はくしゅ》がいつまでもつづきました。ラングストンさんを囲んでいる子どもたちも、拍手しています。アレックも宿題班《はん》にいればよかったと思いました。宿題班だったら、発表はもうこれで終わりですから！

ケースさんがいいました。

「ありがとうございます、ラングストンさん。それでは、体育館の活動に移《うつ》ります。ベン・ジェンソンさん率《ひき》いるスポーツ班の発表から始めます。スポーツ班はあちらのコーナーです。そこからぐるっとまわっていって、各グループが放課後どんなことをしているのか、手短に発表していきます」

アレックはクラブのテーブルの、いつもの席にすわっていました。ニーナがにっこり笑いかけましたが、アレックはちっとも気分がよくなりません。このならび方だと、負《ま》け組《ぐみ》クフブの発表が最後です。アレックはまた両手をズボンでふきましたが、汗《あせ》は止まりません。

ジェンソンさんがウィッフルボールのホームプレートの横に立ちました。

「スポーツ班《はん》では、年度の始めはキックベースのリーグ戦をおこないました。現在《げんざい》はウィッフルボールを楽しんでいますが、すぐに別のインドアスポーツに移《うつ》ろうと思っています。やわらかい球を使ったドッジボールです」

ジェンソンさんはうしろの壁《かべ》にならんだ子どもたちに、質問《しつもん》しました。アレックには完璧《かんぺき》に練習した質問のように聞こえました。

「スポーツ班を希望する子がこんなに多いのは、どうしてだと思う？」

ほぼ全員の手が上がり、ジェンソンさんは五年生の女子を指さしました。

「とってもおもしろいし、一日じゅう教室にすわっているので、そのあとで走りまわるのは楽しいからです！」

ジェンソンさんはにこにこ笑いました。

「ありがとう、ヘイリー！　さてここで、ウィッフルボールを少しお見せしましょう！」

完璧に練習したな、とアレックは思いました。でも、すごくまとまっていると認《みと》めざるをえません。

選手がちらばりました。ピッチャーがマウンドに立ち、打者はいうまでもなく――ケントです。

ケントは細いプラスチックのバットでホームプレートを軽くたたき、ピッチャーに向かってかまえ、カーン！　ボールは左へ飛び、ショートの頭をこえて、レフト前ヒットになりました。五百人以上の親子が歓声《かんせい》を上げて拍手《はくしゅ》し、ケントは一塁《るい》をかけぬけて二塁をめざしましたが、レフトがすぐにボールを内野に返したので、一塁にもどりました。

ジェンソンさんは、これ以上の見せ場はないと判断《はんだん》していいました。

「わたしたちの活動は以上のようなもので、子どもたちはみな、じつに楽しみながらプレーしています！」そして、選手にはこういいました。「みんな、ごくろうさま！」

観客たちはまた拍手し、スポーツ班《はん》のメンバーは、東の壁《かべ》ぎわにもどっていきました。

ケースさんがいいました。

「文化クラブ班の指導《しどう》をしているのは、ブライアン・ウィルナーさんです。ウィルナーさん？」

ケースさんが手をのばしてウィルナーさんを紹介《しょうかい》すると、観客の視線《しせん》は体育館の北東のコーナーから移動《いどう》してきました。

「どうも、ケースさん。文化クラブは六つありまして、毎日活発に活動しています。ふだんなにをやっているか、各クラブのメンバーが自分たちで発表いたします。最初はこちらのコーナーの、チェスクラブです」

チェスクラブの四人は順番に、駒《こま》の動かし方は、本や名人の試合のビデオから学んでいるということと、毎日数ゲームしているということを話しました。発表は三分もかかりませんでした。

まばらな拍手《はくしゅ》のあと、折り紙クラブの女子が一人立ち上がり、折り紙の歴史について少し話しました。つぎにとても緊張《きんちょう》している男子が、折り紙で忍耐力《にんたいりょく》と秩序《ちつじょ》と正確《せいかく》さが身につきます、と話しました。つぎに別の女子が、今折り方を習っている動物はこんなものですという話をし、最後に、アレックが見たこともない大きな折り紙の白鳥をみんなでかかげました。巨大《きょだい》なピンクの紙で折った、高さ六十センチ以上もある白鳥です。それから、テーブルに二十羽《ぱ》もの白鳥をならべました。大きさがつぎつぎに小さくなっていきます。最後のは、一・五メートル以上はなれるとだれにも見えないくらい小さなものでした。緊張している男子がまとめのことばをいいました。「みなさん、あとでこのテーブルまで来て、ほかの折り紙も見てください！」

さっきよりたくさんの拍手《はくしゅ》がありました。

アレックは何度もつばを飲みこみました。もうすぐ自分の番です。

ロボットクラブは、男子と女子が一人ずつ順番に、どんなものを作っているか、どんな電子機器を使っているかについて、簡単《かんたん》に説明しました。それから、靴箱《くつばこ》くらいの大きさのリモコン・ロボットを二台出して実演《じつえん》です。二台はテーブルの下から飛び出し、競争しながら体育館の半分まで行き、ぐるっと向きを変えてもどってきました。観客は大喜びで手をたたきました。発表は五分もかかりませんでした。

レゴクラブの子たちは、自分たちでデザインして組み立てた城《しろ》を見せましたが、説明はあまりありませんでした。せいぜい四分でした。

少し多めの拍手でした。

中国語クラブは、先週の月曜日にリーズがいっていたように、短い劇《げき》をやりました。アレックは気に入りました。買い物の場面はうまく描《えが》かれていましたし、とりわけ、時間がたっぷり七分もかかったからです。

劇への拍手がやむと、アレックは地震《じしん》でも起きないかなと思いました。避難訓練《ひなんくんれん》でもいいし――このたくさんの観客の前に立って話をしなくてもよくなるのなら、なんだってかまいません。観客だけではありません。ケントやニーナもいます。

けれど、始める以外に道はありません。

アレックがうなずいて合図を送ると、ウィルナーさんは倉庫から台車を引っぱり出し、テーブルまで押《お》してきました。アレックが台車から、ふたのついた小さなプラスチックの箱を十八箱おろすのを、体育館にいる全員が、静かに見守っています。いちばん新しいテーブルにも、おしゃべりテーブルにも、すみっこの最初からあるテーブルにも、六箱ずつのせました。どの箱にもちがう子どもたちの名前が貼《は》ってあります。アレックはメンバーの前にそれぞれの箱をおきました。ニーナの前に箱をおくと、ニーナは不思議そうな顔でアレックを見つめました。クラブのメンバーはだれも、アレックがなにをしているのか知りません。アレックはほほえもうとしましたが、緊張しすぎて、チンパンジーみたいにニカッとしてしまいました。

アレックはテーブルの前に立って、みんなに面と向かいました。

「ぼくの名前はアレック・スペンサーです。そして――」

ジェンソンさんがいちばんむこうから、「もっと大きな声でたのむ！」と呼《よ》びかけました。

アレックはごくりとのどを鳴らしました。宿題班《はん》の一人が、ケースさんからマイクを借りて、走ってとどけてくれました。

アレックはやり直しました。こんどは、マイクの声がわめいているように聞こえました。

「ぼくの名前はアレック・スペンサーです。グループのメンバーは十八人で、クラブの名前は負け組クラブです」

アレックがそういうと、とまどったような笑い声が、さざ波のように体育館を走りぬけました。アレックはいいました。

「クラブの名前について説明したいと思いますが、その前に、メンバーのみんな、自分の前にある箱をあけて、いちばん上の紙をもって、走ってください、こんなふうに！」

アレックは箱のふたをあけました。中には紙のたばが入っていますが、はしとはしがテープでとめてあって、長いアコーディオンのじゃばらのようになっています。アレックがいちばん上の紙をつかんで、体育館のむこうはしに向かって走ると、紙は流れるように広がり、中国の竜《りゅう》のしっぽのように、箱から長くのびました。

先週の月曜日の晩《ばん》ごはんのときに思いついたすごいアイデアとは、このことだったのです。いわゆる負け組たちが、クラブの時間になにをやっていたか、みんなに見せたかったのです。アレックはメンバーに、今までに読んだ本の題名を全部メールで送ってほしいとたのみました。家にある本、教室で読んだ本など、覚えているかぎりの本を。それに加えて、今までに学校図書館から借りた本のリストを、アレックが見てもいいかどうかも聞いていました。メンバーそれぞれが、今までの人生で読んだすべての本の正確《せいかく》な数を出したかったからです。アレックのリストは、『おやすみなさい　おつきさま』から始まって、『華氏《かし》451度《ど》』まで、五百三十七冊《さつ》となりました！

ルークがインターネットで検索《けんさく》して、すべての本の表紙を普通紙《ふつうし》一枚《まい》に一冊ずつ印刷してくれました。それらを幅広《はばひろ》のビニールテープでつなげて、本の表紙の長い川にしていきました。二人は学校のある平日は夜四時間、土日は一日じゅう作業しました。木曜日には、アレックはあきらめようとしたのですが、ルークが簡単《かんたん》なデータ管理プログラムを使って、ちがう表紙の画像《がぞう》を、いっぺんにまとめて印刷できるようにしてくれました。また、同じ本を読んでいるメンバーもたくさんいました。

アレックの本の表紙のじゃばらは百十五メートル以上になりました。長すぎて、スポーツ班《はん》のホームプレート近くまで行ってから、右へ曲がって、まだ箱から出ているじゃばらを引っぱりつづけなければなりませんでした。

クラブのほかのメンバーたちも笑いながら、自分たちの箱から本の表紙の川を引き出しながら、かたい木の床《ゆか》を走っていきました。十八本の長い紙が、体育館のはしから扇形《おうぎがた》に広がるさまは、衛星写真《えいせいしゃしん》で見る巨大《きょだい》な川の三角州《さんかくす》のようでした。

メンバー全員の紙が箱から出ると、子どもたちも親たちも近くに見にきました。なんとたくさんの本の表紙でしょう。全部で三千冊《さつ》近くあります！

あちこちでみんなが指さしながら、この本読んだことあるとか、この本大好きとか、いっせいにしゃべりはじめました。

アレックは力強いはっきりした声を出しました――今までにこんな声は出したことがありません。

「みなさん、また聞いていただけますか？」体育館がすぐに静まると、アレックはいいました。「ここにお見せしているのは、ぼくたち全員が生まれてから今までに読んだ本の、ほとんどすべてです。負け組クラブでおこなっている活動はこれ――本を読むことです。ぼくがこの名前をつけたわけは、だれにもじゃまされずに一人で本を読んでいられるテーブルがほしかったからです。負け組クラブなんていう名前をつければ、だれも入りたがらないだろうと思ったのです。でも、ただ集まって本を読むところだとわかると、読書が好きな子たちが入ってきました。クラブ名は気に入らなくても」

みんなからクスクス笑いが起きました。アレックはつづけます。

「でも、ぼくはよくよく考えて、負け組クラブというのは、じつはとてもいい名前だということに気がつきました。学校図書館に読書週間の古いポスターがあって、『本の森に迷《まよ》いこめ』と書いてあります。ぼくたちはまさにそうしています。あらゆる人々と、あらゆる場所のことが書かれた本に、何時間も夢中《むちゅう》になって、ぼくたちは迷子《まいご》のように自分を見失っています。そして現実にもどってくると、なにかをもってきているんです。本の森に迷いこんで自分を見失っているときには、いろいろなすばらしいものを発見しているときなんだと思います」

アレックは自分の本の表紙の一つを指さしました。

「あの本を見てください。『おれはレブロン・ジェームズ』（未訳《みやく》）という本です。これを読む前は、ぼくは彼《かれ》が子どものころどんなにたいへんな生活をしていたのか、まったく知りませんでした。でもレブロンは、MVP《エムブイピー》が取れるまでになりました。それから、この『ひとりぼっちの不時着《ふじちゃく》』という本ですが、ぼくは何回も読んだので、もし本当に森で迷子になっても、こわいでしょうが、生きぬくためのあらゆる方法が頭に入っています。まったくの無力だとか、無知だとかとは感じないでしょう。本はそういうものです。本のおかげで、知らないことがなくなり、恐怖心《きょうふしん》がなくなるのです。恐怖心がなくなれば、怒《いか》りもなくなります。『失う』とか、『なくす』という意味の単語の〈LOSE《ルーズ》〉。〈LOSE〉には、『負ける』という意味もあります。そういうわけで、ぼくたちは、〈負け組クラブ〉という名前なのです」

アレックはほんの少しことばを切って、またつづけました。

「もう一つ、いいたいことがあります。ぼくはよく本の虫と呼《よ》ばれています。でも、これはいい表現《ひょうげん》ではありません」

アレックはパーカーのジッパーをあけて脱《ぬ》ぎ、T《ティー》シャツの柄《がら》をみんなに見せました。

「ぼくは本の虫ではありません――〈本のタカ〉です。メンバー全員そうです！」

大拍手《だいはくしゅ》と大歓声《だいかんせい》がわき起こり、アレックはきまりが悪くなりました。観客たちがアレックやクラブのメンバーたちのまわりに集まりはじめ、ほめたたえました。いすから立ってくる人は、どんどんふえました。

その称賛《しょうさん》の嵐《あらし》の中、アレックにいろいろなことが起きました。

父さんと母さんが急いでやってきました。母さんはアレックをぎゅっと抱《だ》きしめました。

「よかったわ、アレック、本当にすてきだった！」

「すばらしい！」父さんがいいました。「完璧《かんぺき》なブランド名変更《へんこう》だ！」

ルークもやってきて、アレックをかがませると、耳元でいいました。「かっこいいよ！」

アレックはルークの背中《せなか》をポンとたたいていいました。「Tシャツの柄、最高だよ――サンキュー！」

ジェイソンが走ってきました。まだ本の表紙の川をもって、アレックの顔の前でふっています。「これ、ほんとすごいよ！　ずっと大切にするね！」

ケースさんがアレックと握手《あくしゅ》して、両親にいいました。「わたしはここで五年間監督《かんとく》をしていますが、こんなにすばらしい発表会は初めてです！　おめでとう、アレック、すばらしい、すばらしいわ！」

ケースさんはこんどは、自分がめんどうをみた、おしゃべりテーブルのジュリアやほかの子たちのところへ走り、抱《だ》きしめました。

つぎにバンス校長先生が父さんと握手しました。つづけて母さん、アレックと握手。校長先生は大きな目でアレックを見つめていいました。「今年度は最高のスタートですね。たいへんうれしいです。この調子でね！」

アレックがふり返ると、デーブ・ハンプトンがいました。いっしょにいるのは——ケントです。かがんで本の表紙の川を見ながら、指をさしてにやにや笑っています。デーブの百三冊《さつ》の本は、半分以上スポーツ関係だったからです。ケントが顔を上げると、アレックと目が合いました。ケントはなんだか親しげにうなずいてみせました。アレックはにやりとすると、T《ティー》シャツに書いてあることばを指さし、つぎにケントを指さしました。

拍手《はくしゅ》はだんだんやんできました。アレックが左を見ると、ニーナがお兄さんのリッチーと笑っています。ニーナの両親もとても誇《ほこ》らしそうです。

ニーナはアレックのほうを向き、にっこりしました。

アレックの頭の一部が、いつものように、本の中にこんな瞬間がなかったかなと探《さが》そうとしました。こんなふうに感じた瞬間、こんな幸せな瞬間、こんな情熱《じょうねつ》、こんな人生はなかったかな、と。

けれど、アレックの頭には、こんな思いしかうかびませんでした――〈今までに読んだどんないい本よりも、今が最高だ！〉

ええ、本当にそのとおりでした。

CHAPTER 38 『ぼくたち負け組クラブ』ブックリスト

これは、『ぼくたち負け組クラブ』の登場人物たちが読んでいた本のリストです。私は、この物語に出てくる子どもたちが、実在《じつざい》する本を実際《じっさい》に読んでいるように描《えが》こうと思いました。いい本は山のようにあるのですから、みなさんの好きな本がこの物語の中に出てこなかったとしても、気にしないでくださいね。私の大好きな本だって、出てきていないものがたくさんあるのですから！　そしてもちろん、何冊《なんさつ》読んだかを競《きそ》うのではなく、そのときどきに出会ったすばらしい本を、心から楽しんで読むことが大事です。

しあわせな本との出会いがたくさんありますように。

アンドリュー・クレメンツ

- □ **1『タラン・新しき王者』**（プリデイン物語5）（ロイド・アリグザンダー作／神宮輝夫訳　評論社）
- □ **2『シャーロットのおくりもの』**（E・B・ホワイト作／さくまゆみこ訳　あすなろ書房）
- □ **3『さらわれたデービッド』**（R・L・スティーブンソン作／坂井晴彦訳　福音館書店）
- □ **4『スイスのロビンソン』**（ヨハン・ダビット・ウィース作／宇多五郎訳　岩波書店）
- □ **5「ナルニア国物語」シリーズ**（C・S・ルイス作／瀬田貞二訳　岩波書店）
- □ **6『ホビットの冒険』**（J・R・R・トールキン作／瀬田貞二訳　岩波書店）
- □ **7「スター・ウォーズ」関連本**
- □ **8『五次元世界のぼうけん』**（マデレイン・レングル作／渡辺茂男訳　あかね書房）
- □ **9『ひとりぼっちの不時着』**（ゲイリー・ポールセン作／西村醇子訳　くもん出版）
- □ **10『ブライアンの冬』**（ゲイリー・ポールセン作／未訳・原題は『Brian's Winter』「ひとりぼっちの不時着」シリーズ三巻め）
- □ **11『アウトサイダーズ』**（S・E・ヒントン作／唐沢則幸訳　あすなろ書房）
- □ **12『青いイルカの島』**（スコット・オデル作／藤原英司訳　理論社）
- □ **13『パーシー・ジャクソンとオリンポスの神々　盗まれた雷撃』**（リック・リオーダン作／金原瑞人訳　ほるぷ出版）
- □ **14『シャイローがきた夏』**（フィリス・レイノルズ・ネイラー作／さくまゆみこ訳　あすなろ書房）
- □ **15『きいてほしいの、あたしのこと――ウィン・ディキシーのいた夏』**（ケイト・ディカミロ作／片岡しのぶ訳　ポプラ社）

□ **16「グレッグのダメ日記」シリーズ**（ジェフ・キニー作／中井はるの訳　ポプラ社）

□ **17『時をさまようタック』**（ナタリー・バビット作／小野和子訳　評論社）

□ **18『ブー！ブー！ダイアリー』**（レイチェル・ルネ・ラッセル作／西本かおる訳　アルファポリス）

□ **19『バドの扉がひらくとき』**（クリストファー・ポール・カーティス作／前沢明枝訳　徳間書店）

□ **20『ふたりの星』**（ロイス＝ローリー作／掛川恭子・卜部千恵子訳　童話館出版）

□ **21「ハリー・ポッター」シリーズ**（J・K・ローリング作／松岡佑子訳　静山社）

□ **22「すべての夏をこの一日に」**（『メランコリイの妙薬』収載）（レイ・ブラッドベリ作／吉田誠一訳　早川書房）

□ **23『宝島』**（ロバート・L・スティーヴンソン作／鈴木恵訳　新潮社）

□ **24『きみに出会うとき』**（レベッカ・ステッド作／ないとうふみこ訳　東京創元社）

□ **25『ギヴァー　記憶を注ぐ者』**（ロイス・ローリー作／島津やよい訳　新評論）

□ **26「雷のような音」**（『太陽の黄金（きん）の林檎』収載）（レイ・ブラッドベリ作／小笠原豊樹訳　早川書房）

□ **27『穴　HOLES』**（ルイス・サッカー作／幸田敦子訳　講談社）

□ **28『ハンガー・ゲーム』**（スーザン・コリンズ作／河井直子訳　メディアファクトリー）

□ **29『ピーターとファッジのどたばた日記』**（ジュディ・ブルーム作／滝宮ルリ訳　バベルプレス）

□ **30『魔法の泉への道』**（リンダ・スー・パーク作／金利光訳　あすなろ書房）

□ **31アメリカ独立戦争の歴史小説**（エスター・ホーキンス・フォーブス作／未訳・原題は『Johnny Tremain』）

□ **32『野性の呼び声』**（ジャック・ロンドン作／山本政喜訳　万有社）

□ **33『クラスで1番！ ビッグネート』**（リンカーン・ピアス作／中井はるの訳　ポプラ社）

□ **34『その時ぼくはパールハーバーにいた』**（グレアム・ソールズベリー作／さくまゆみこ訳　徳間書店）

□ **35『ザ・リバー』**（ゲイリー・ポールセン作／未訳・原題は『The River』　「ひとりぼっちの不時着」シリーズ二巻め）

□ **36『告げ口心臓』**（『ポオ小説全集』収載）（エドガー・アラン・ポオ作／田中西二郎訳　東京創元社）

□ **37『レブロンのドリームチーム』**（レブロン・ジェームズ作／未訳・原題は『LeBron's Dream Team』）

□ **38『のっぽのサラ』**（パトリシア・マクラクラン作／金原瑞人訳　徳間書店）

□ **39『狼とくらした少女ジュリー』**（ジーン・クレイグヘッド・ジョージ作／西郷容子訳　徳間書店）

□ **40『華氏４５１度』**（レイ・ブラッドベリ作／宇野利泰訳　早川書房）

□ **41『本泥棒』**（マークース・ズーサック作／入江真佐子訳　早川書房）

□ **42『おやすみなさい　おつきさま』**（マーガレット・ワイズ・ブラウン作、クレメント・ハード絵／せたていじ訳　評論社）

□ **43『おれはレブロン・ジェームズ』**（グレース・ノルウィッチ作／未訳・原題は『I Am LeBron James』）

著者●アンドリュー・クレメンツ
1949年アメリカ生まれ。両親の影響で幼いときから本好きに。シカゴ近郊での教師生活を経て、絵本・児童文学作家として活躍。児童文学デビュー作『合言葉はフリンドル！』は全米で600万部以上売れ、受賞多数。世界12か国以上で翻訳される。「学校物語の帝王」と呼ばれ、80冊以上の作品を出版している。４人の子どもは成人し、メイン州に妻とネコと暮らす。主な作品に『こちら「ランドリー新聞」編集部』『はるかなるアフガニスタン』（講談社）など。

訳者●田中奈津子（たなか なつこ）
翻訳家。東京都生まれ。東京外国語大学英米語学科卒。『はるかなるアフガニスタン』が青少年読書感想文全国コンクール課題図書に、『アラスカの小さな家族 バラードクリークのボー』が厚生労働省社会保障審議会推薦児童福祉文化財に選ばれている。翻訳は他に、『こちら「ランドリー新聞」編集部』『ジェリーフィッシュ・ノート』（以上講談社）、『夢へ翔けて　戦争孤児から世界的バレリーナへ』（ポプラ社）などがある。

装画●平澤朋子

装丁●坂川朱音（krran）

講談社 文学の扉

ぼくたち負《ま》け組《ぐみ》クラブ

2017年11月29日　第１刷発行

著　者――アンドリュー・クレメンツ
訳　者――田《た》中《なか》奈《な》津《つ》子《こ》
発行者――鈴木　哲
発行所――株式会社 講談社　〒112-8001
東京都文京区音羽 2-12-21
電話　編集　03-5395-3535
販売　03-5395-3625
業務　03-5395-3615
印刷所――株式会社精興社
製本所――黒柳製本株式会社
本文データ制作――講談社デジタル製作

N.D.C.933　255p　20cm　ISBN978-4-06-283247-2